JOGO FATAL

HOLLY JACKSON

Tradução de Karoline Melo

Copyright © 2022 by Holly Jackson
Copyright da tradução © 2023 by Editora Intrínseca Ltda.
Traduzido mediante acordo com HarperCollins Publishers Ltd.
Publicado originalmente em inglês por Farshore, um selo de HarperCollins Publishers Ltd, The News Building, 1 London Bridge St, Londres, SE1 9GF.
Os direitos morais da autora foram assegurados.

TÍTULO ORIGINAL
Kill Joy

PREPARAÇÃO
Ilana Goldfeld

REVISÃO
Theo Araújo

DIAGRAMAÇÃO
Ilustrarte Design e Produção Editorial

ARTE DE CAPA
Sophia Chunn e Casey Moses

ADAPTAÇÃO DE CAPA
Antonio Rhoden

IMAGENS DE CAPA
© 2023 by Vera Lair / Stocksy (mesa com pratos); © 2023 by LoveTheWind / Getty Images (mancha de sangue); Kondor83 / Shutterstock (prato quebrado); Viktor1 / Shutterstock (guardanapo); Yeti studio / Shutterstock (sangue escorrendo)

CIP-BRASIL. CATALOGAÇÃO NA PUBLICAÇÃO
SINDICATO NACIONAL DOS EDITORES DE LIVROS, RJ

J15j

    Jackson, Holly, 1992-
        Jogo fatal / Holly Jackson ; tradução Karoline Melo. - 1. ed. - Rio de Janeiro : Intrínseca, 2023.
        128 p. ; 21 cm. (Manual de assassinato para boas garotas)
        Tradução de: Kill joy
        Continua com: Manual de assassinato para boas garotas
        ISBN 978-65-5560-716-1

        1. Ficção inglesa. I. Melo, Karoline. II. Título. III. Série.

23-83214   CDD: 823
                CDU: 82-3(410.1)

Gabriela Faray Ferreira Lopes - Bibliotecária - CRB-7/6643

[2023]
Todos os direitos desta edição reservados à
EDITORA INTRÍNSECA LTDA.
Av. das Américas, 500, bloco 12, sala 303
22640-904 – Barra da Tijuca
Rio de Janeiro – RJ
Tel./Fax: (21) 3206-7400
www.intrinseca.com.br

Dedicado a Mary Celia Collis

1925 - 2020

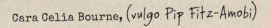

Cara Celia Bourne, (vulgo Pip Fitz-Amobi)

Você está cordialmente convidada a jantar comigo para celebrar meu septuagésimo quarto aniversário. Toda a família estará presente durante o fim de semana, e espero que você compareça também. Será uma noite inesquecível.

Local: Mansão Remy, em Joy — minha ilha particular na costa oeste da Escócia. Lembre-se de que o barco só parte do continente uma vez por dia, ao meio-dia em ponto, e a viagem leva duas horas. (Mas na verdade vai ser na casa do Connor.)

Data: Este fim de semana (No próximo sábado às 19h30)

Atenciosamente,

Reginald Remy

(mas na verdade quem está convidando sou eu, Connor)

Para obter mais informações, favor abrir o convite.

Kill Joy Games™

SUA PERSONAGEM

Neste jogo de investigação de assassinato, você interpretará:

Celia Bourne

Sobrinha de vinte e nove anos de Reginald Remy, o patriarca da família Remy e dono da rede de Hotéis e Cassinos Remy, em Londres. Você é órfã. Seus pais morreram quando você era criança, e você nunca se sentiu acolhida pela família Remy, apesar de serem seus únicos parentes restantes. Você guarda um pouco de rancor disso e do fato de que o milionário Reginald Remy nunca lhe ofereceu ajuda financeira. Atualmente, trabalha como governanta de uma família abastada, em Londres.

Sugestão de vestimenta

Prepare-se para voltar no tempo até **1924**, e mergulhar nos loucos anos 1920. Um vestido de cintura baixa seria ideal. Complete o visual com uma faixa de cabelo e um boá de plumas.

KILL JOY GAMES™

OUTROS PERSONAGENS

1. Robert "Bobby" Remy

filho mais velho de Reginald Remy — interpretado

por: Ant Lowe

2. Ralph Remy

filho mais novo de Reginald Remy — interpretado

por: Zach Chen

3. Lizzie Remy

esposa de Ralph Remy — interpretada por:

Lauren Gibson

4. Humphrey Todd

mordomo da Mansão Remy — interpretado por:

mim, Connor Reynolds

5. Dora Key

cozinheira da Mansão Remy — interpretada por:

Cara Ward

Prepare-se para uma noite inesquecível
de assombros e assassinato.

KILL JOY GAMES™

um

Uma mancha vermelha no polegar marcava as reentrâncias e espirais de sua pele. Pip analisou aquilo como se fosse um labirinto. Parecia sangue, se ela forçasse a vista. Não era, mas ela podia enganar seus olhos se quisesse. Era Ruby Woo, o batom vermelho que a mãe insistira que Pip usasse a fim de "completar o visual dos anos 1920". A garota vivia esquecendo que estava de batom e acabava encostando na boca sem querer, mais uma mancha surgindo no dedo mindinho. Marcas de sangue por toda parte, vívidas em sua pele pálida.

O carro parou em frente à casa dos Reynolds. Pip sempre achou a fachada daquela casa parecida com um rosto, as janelas a encarando lá de cima.

— Chegamos, picles — avisou o pai, sem a menor necessidade, do banco do motorista.

Ele se virou para a filha com um grande sorriso no rosto, provocando rugas em sua pele negra, e a barba grisalha que estava *experimentando durante o verão*, para a tristeza da mãe de Pip, então disse:

— Divirta-se. Aposto que vai ser uma noite de *matar*.

11

Pip bufou. Quanto tempo seu pai tinha esperado para fazer aquela piada? Zach, ao lado dela, deu uma risadinha educada. O garoto era vizinho de Pip. A família Chen morava a quatro casas da família Amobi, então eles estavam sempre entrando e saindo do carro um do outro, pegando carona e voltando juntos dos lugares. Pip tinha o próprio carro desde que completara dezessete anos, mas ele estava na oficina naquele fim de semana. Era quase como se seu pai tivesse arquitetado tudo para que eles tivessem que aturar seus péssimos trocadilhos sobre assassinato.

— Mais alguma gracinha? — perguntou Pip, enrolando o boá de plumas pretas em volta dos braços, o contraste fazendo sua pele parecer ainda mais pálida.

Ela abriu a porta do carro, parando para revirar os olhos para o pai.

— Ah, que olhar letal — comentou ele com um pouco de drama demais.

Sempre havia mais uma gracinha.

— Chega. Tchau, pai — disse Pip, saindo do carro.

Zach saiu pela outra porta enquanto agradecia ao sr. Amobi pela carona.

— Divirtam-se — gritou o pai. — Vocês dois estão vestidos para matar!

E mais outra. Para a irritação de Pip, ela não conseguiu segurar a risada dessa vez.

— Ah, Pip — chamou o pai, deixando a brincadeira de lado —, o pai da Cara vai dar carona para você na volta. Se chegar em casa antes de sua mãe e eu voltarmos do cinema, você leva o cachorro para fazer xixi?

— Aham, pode deixar.

Ela acenou para o pai, caminhando até a porta da casa ao lado de Zach. O visual do amigo estava um pouco ridículo: um blazer vermelho com listras azul-marinhas, calça branca engomada, gravata-borboleta preta e um chapéu de palha cobrindo o cabelo escuro e liso. Ele também usava um pequeno crachá que dizia *Ralph Remy*.

— Pronto, Ralph? — perguntou Pip, apertando a campainha.

Então apertou de novo. Ela estava impaciente para acabar logo com aquilo. É verdade que todo o grupo de amigos não se reunia havia semanas, e talvez o jogo fosse divertido. Mas o dever a esperava em casa, e a *diversão* era só perda de tempo. Porém, Pip era boa em fingir, o que não era a mesma coisa que mentir.

— Pode ir na frente, Celia Bourne — ofereceu Zach, sorrindo, e Pip percebeu que ele estava animado.

Talvez ela devesse fingir um pouco melhor. A garota botou um sorrisinho no rosto também.

Foi Connor quem abriu a porta, mas ele não se parecia com Connor Reynolds. Tinha passado algum tipo de cera colorida no cabelo loiro-escuro, que estava grisalho e penteado para trás, bem rente ao couro cabeludo. Havia pintado linhas marrons ao redor dos olhos numa tentativa malsucedida de criar rugas. Ele usava um smoking preto que devia ter pegado emprestado do pai, um colete branco combinando e uma gravata-borboleta, além de um pano de prato dobrado num dos braços.

— Boa noite — cumprimentou Connor, fazendo uma reverência. Alguns fios do cabelo acinzentado se descolaram da cabeça e balançaram com o movimento. — Bem-vindos à

Mansão Remy. Eu sou o mordomo, Humphrey Todd — disse ele, com ênfase em "hump".

Os três ouviram um gritinho, e Lauren apareceu no corredor atrás de Connor. Ela estava usando um vestido de melindrosa vermelho, com franjas roçando nos joelhos. Um chapéu clochê escondia a maior parte de seu cabelo ruivo, e um colar de pérolas pendia do pescoço, batendo em seu crachá, em que estava escrito *Lizzie Remy*.

— Esse é meu marido? — perguntou ela, animada, saltando para a frente e arrastando o coitado do Zach para dentro da casa.

— Parece que todo mundo está animado demais — comentou Pip, seguindo Connor pelo corredor.

— Pois é, ainda bem que você chegou para diminuir a animação — brincou Connor.

Ela abriu um sorriso ainda maior e se esforçou para fingir mais entusiasmo.

— Seus pais estão aqui? — perguntou.

— Não, eles estão viajando esse fim de semana. E o Jamie saiu. A casa é só nossa.

Jamie, o irmão de Connor, era seis anos mais velho que eles, e tinha voltado a morar com os pais depois de largar a faculdade. Pip se lembrava de quando isso aconteceu, de como o clima tinha ficado pesado na casa dos Reynolds, de como todos pisavam em ovos. Aquele se tornara um dos assuntos sobre os quais ninguém comentava.

Lauren havia arrastado Zach para a cozinha e estava entregando uma bebida a ele quando Pip e Connor chegaram. Cara e Ant também se encontravam ali, com taças iguais de vinho tinto. Era melhor do que as misturebas que eles costumavam fazer ao atacar armários de bebidas destrancados.

— Olá, madame Pip — cumprimentou Cara, sua melhor amiga, num sotaque forçado terrível.

Ela se aproximou para brincar com o boá de plumas de Pip, fazendo-o se chocar com o vestido verde-esmeralda berrante da amiga.

Como Pip sentia falta de seu habitual macacão...

— Que chiqueza — elogiou Cara.

— Comprei na loja de 1,99 — respondeu Pip, observando a fantasia da amiga.

Cara usava um vestido preto desmazelado com um longo avental branco de cozinheira, o cabelo loiro-escuro coberto por uma bandana cinza. Ela também tinha pintado rugas no rosto, de maneira um pouco mais sutil e eficaz que Connor.

— Quantos anos sua personagem tem?

— Ah, ela é velha — respondeu Cara. — Cinquenta e seis.

— Você está com cara de oitenta e seis.

Ant soltou uma risada pelo nariz, e Pip enfim se virou para ele. O garoto devia ser o convidado com a aparência mais esdrúxula, usando um terno de risca de giz largo demais para seu corpo pequeno, uma gravata branca acetinada, um chapéu-coco preto e um bigode falso gigante.

— À liberdade e ao verão — brindou Ant, erguendo a taça antes de tomar um gole do vinho.

O líquido encostou no bigode falso, e gotículas permaneceram nos fios ao se afastarem da taça.

A *liberdade* era porque todos já haviam feito as provas para entrar na universidade. Era o final de junho, e a primeira vez que todos os seis se reuniam depois de um tempo, apesar de morarem na mesma cidade e estudarem no mesmo colégio.

— Bem, só que ainda não é verão. Falta um mês de aulas antes das férias — ponderou Pip. — Além disso, daqui a pouco a gente precisa entregar as propostas de Qualificação para Projeto de Extensão.

Ok, talvez ela precisasse de um pouco mais de prática em *fingir*. Pip não conseguia se conter. Havia sentido uma pontada de culpa ao sair de casa, um lembrete de que ela já devia ter começado a trabalhar no projeto durante o fim de semana, mesmo que a última prova tivesse sido na véspera. Descanso não combinava muito com Pip Fitz-Amobi, e *liberdade* não lhe parecia muito libertadora.

— Meu Deus, você nunca tira uma noite de folga? — perguntou Lauren, os olhos e polegares grudados no celular.

Ant interveio:

— Se quiser, a gente arranja um dever de casa para você relaxar.

— Você já deve ter até escolhido o tema do seu QPE — comentou Cara, esquecendo de fazer o sotaque.

— Ainda não — replicou Pip.

E aquele era o grande problema.

— Minha nossa! — exclamou Ant, fingindo estar horrorizado. — Você está bem? Precisa que a gente chame uma ambulância?

Pip ergueu o dedo do meio para ele, aproveitando para usá-lo para sacudir o bigode falso felpudo.

— Ninguém toca no bigode — alertou ele, recuando. — É sagrado. E estou com medo de que ele acabe arrancando meu bigode de verdade.

— Como se você conseguisse ter um bigode de verdade — caçoou Lauren, soltando uma risadinha, os olhos ainda grudados no celular.

Ela e Ant haviam vivido um romance curto e malsucedido no ano anterior, que consistira em cerca de quatro beijos enquanto estavam bêbados. Atualmente, os amigos tinham dificuldade de afastar Lauren do novo namorado, Tom, que sem dúvida era com quem ela estava trocando mensagens.

Connor pigarreou.

— Certo, senhoras e senhores — começou ele, pegando mais uma garrafa de vinho e uma Coca-Cola para Pip. — Se todos puderem fazer a gentileza de me seguir até a sala de jantar...

— Até eu, a humilde cozinheira? — perguntou Cara com sotaque.

— Até você — confirmou Connor, sorrindo e conduzindo-os pelo corredor até a sala de jantar nos fundos da casa.

Ainda havia uma lasca no batente da vez que Connor tinha decidido andar de skate dentro de casa quando eles tinham doze anos. Pip avisara para o amigo não fazer aquilo, mas desde quando alguém a ouvia?

Assim que a porta se abriu, os sons agudos abafados lá dentro se revelaram ser jazz tocando da Alexa no canto da sala. A mesa de jantar estava com a extensão aberta, uma toalha de mesa branca com marcas de dobra estirada por cima e três velas longas e finas acesas no centro, sua cera vermelha escorrendo.

Os lugares já estavam arrumados com pratos, taças de vinho, facas e garfos devidamente posicionados. E plaquinhas com os nomes dos personagens em cada prato. Os olhos de Pip procuraram por *Celia Bourne*. Ela se sentaria entre *Dora Key* (Cara) e *Humphrey Todd* (Connor), de frente para Ant.

— O que vamos jantar? — perguntou Zach, encostando no prato vazio ao se sentar do outro lado da mesa.

— Ah, sim! — intrometeu-se Cara, fazendo o sotaque. — O que eu, a cozinheira, preparei para o jantar, meu caríssimo mordomo?

Connor abriu um sorrisinho.

— Acho que esta noite você preparou pizza da Domino's ao perceber que cozinhar o jantar para tanta gente, além de organizar um jogo de investigação de assassinato, daria trabalho demais.

— Ah, pizza para viagem é uma das minhas especialidades — comentou Cara, arrumando o vestido pesado para poder se sentar.

Pip se acomodou em seu lugar, o olhar recaindo no pequeno livreto à direita de seu prato. No topo, estava escrito *Kill Joy Games: Assassinato na Mansão Remy* em letras impressas e também o nome dela, *Celia Bourne*.

— Não é para mexer nos livretos ainda — avisou Connor, e Pip afastou a mão depressa.

Connor se pôs de pé diante das amplas janelas da sala de jantar. Ainda estava claro lá fora, embora a luz assumisse um estranho tom rosa-acinzentado conforme nuvens pesadas se aproximavam para reivindicar a noite. O vento também aumentava, uivando entre as pausas na música e fazendo as árvores na borda do jardim dançarem.

— Então, antes de mais nada... — anunciou Connor, segurando um pote de plástico. — Coloquem os celulares aqui.

— O quê?! — exclamou Lauren, parecendo horrorizada.

— Isso mesmo — respondeu ele, sacudindo o pote para Zach, que entregou o próprio aparelho sem rodeios. — Estamos em 1924, a gente não teria celular nessa época. E quero que todo mundo se concentre no jogo.

— É — concordou Ant, abrindo mão de seu celular —, senão você passaria o jogo todo mandando mensagem para o seu namorado.

— Não passaria, não! — protestou Lauren, emburrada, depositando o celular dela no pote também.

O restante dos amigos ficou quieto, porque todos tinham pensado a mesma coisa. E, em meio ao silêncio, Pip jurou ter ouvido um barulho no andar de cima. Pareciam passos arrastados. Mas não, não podia ser. Connor havia dito que a casa era só deles. Ela devia ter imaginado o som. Ou talvez fosse só algo chacoalhando com o vento.

Pip apanhou os celulares dela e de Cara e os entregou.

— Obrigado — agradeceu Connor, com uma reverência de mordomo.

Ele levou o pote de plástico ao aparador no canto da sala e fez gestos teatrais ao guardá-lo dentro de uma gaveta e depois trancá-la com uma pequena chave. Em seguida, pegou a chave e a colocou em cima do aquecedor. Pip percebeu que Lauren ficou encarando a chave.

— Certo, então de agora em diante ninguém pode sair do personagem — alertou Connor, dirigindo as palavras para Ant, que estava de deboche.

— Sim, sou eu mesmo, Bobby — retrucou Ant, passando o braço ao redor do ombro de Zach e acrescentando: — Eu e meu maninho.

Pip os analisou. Então aqueles eram os primos de Celia Bourne, Ralph e Bobby Remy. Aff, moleques mimados.

— Excelente, senhor — respondeu Connor. — Mas não é curioso que estejamos todos reunidos para comemorar o septuagésimo quarto aniversário de Reginald Remy e ele ainda não tenha aparecido para o jantar?

O garoto fez uma pausa dramática e olhou para cada um de maneira incisiva.

— É... muito curioso — disse Cara.

— Isso não é do feitio do meu tio — acrescentou Pip.

Zach assentiu.

— Meu pai nunca se atrasa — concordou ele.

Connor sorriu, satisfeito consigo mesmo, então prosseguiu:

— Bem, ele só pode estar em algum lugar da mansão. Nós deveríamos procurá-lo.

Todos continuaram a observá-lo com atenção.

— Eu disse que deveríamos procurá-lo — repetiu Connor.

— Ah, tipo, procurar *de verdade*? — perguntou Lauren.

— Isso, ele tem que estar por aqui. Vamos nos separar e procurar por ele.

Pip se levantou e saiu da sala de jantar com os amigos. Bem, era óbvio que Reginald Remy tinha acabado de ser assassinado... afinal, o jogo era uma investigação de assassinato. Mas o que eles deviam procurar? Uma foto do cadáver ou algo assim?

Eles passaram pelas portas da despensa no corredor, onde estava colado um papel com as palavras *Sala de bilhar*.

Zach as abriu e olhou lá dentro.

— Ele não está na sala de bilhar — avisou. — Aliás, aqui nem tem uma mesa de bilhar.

Cara e Ant começaram a se empurrar, apostando corrida para ver quem chegava primeiro à porta da sala de estar, que havia sido nomeada *Biblioteca*. Mas os pés de Pip a levaram para a direção contrária, rumo à escada, com Zach em seu encalço. Se ela tivesse *mesmo* ouvido um barulho, devia ter vindo bem de cima da sala de jantar. Mas o que poderia ser? O grupo de amigos estava sozinho naquela casa.

Os dois subiram a escada, mas se separaram no patamar. Zach avançou de forma hesitante até o quarto de Connor, enquanto Pip seguiu para o lado oposto, rumo ao cômodo que ficava logo acima da sala de jantar. Ela sabia que era o escritório do pai de Connor, mas o papel colado na porta dizia se tratar do *Escritório de Reginald Remy*.

A porta rangeu quando Pip a abriu. Estava escuro, as persianas bloqueavam as últimas luzes do dia. Seus olhos se ajustaram ao cômodo cheio de sombras. Ela nunca tinha entrado no escritório antes, e sentiu uma pontada de desconforto na nuca. Ela tinha permissão para entrar ali?

Pip enxergou a silhueta volumosa da escrivaninha contra a parede mais distante e o que devia ser uma cadeira de escritório. Mas havia algo estranho. A cadeira estava virada para o lado errado, de frente para a porta. E havia uma sombra alterando o contorno da cadeira. Havia algo ali. Ou alguém.

Pip sentiu o coração disparar no peito enquanto seus dedos tateavam a parede, procurando o interruptor. Ela o encontrou e pressionou, prendendo a respiração.

A luz amarela piscou até se acender, iluminando as sombras. Pip tinha razão, havia alguém caído na cadeira. E então seu coração despencou dentro do corpo, azedando ao cair no estômago, porque tudo o que conseguia ver era sangue.

Muito sangue.

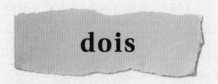

dois

Era Jamie, o irmão mais velho de Connor.

Ele não se mexia.

Estava de olhos fechados, com a cabeça caída em um ângulo estranho, apoiada no ombro. E a frente de sua camisa branca estava encharcada de sangue, espesso e escarlate, brilhando sob a luz recém-acesa.

A mente de Pip travou, se esvaziou e então foi preenchida de novo com todo aquele sangue.

— J-Ja... — Pip começou a chamar, mas a palavra foi interrompida por seus dentes cerrados enquanto observava Jamie.

Espere aí... talvez ele *estivesse* se mexendo. Parecia estar tremendo, o peito vibrando.

Pip deu um passo à frente. Seus olhos não estavam lhe pregando uma peça, Jamie estava mesmo tremendo, ela tinha certeza disso. Tremendo ou vibrando ou...

... rindo. Ele estava tentando conter o riso, abrindo os olhos e os voltando depressa na direção de Pip.

— Jamie! — exclamou ela, irritada.

Com ele e consigo mesma... Era óbvio que aquilo fazia parte do jogo. Ela devia ter percebido logo de cara.

— Desculpa, Pip — disse Jamie, rindo. — Ficou bom, né? Eu pareço mortinho.

— É, mortinho — concordou a garota, respirando fundo para se livrar do aperto no peito.

E, então, ao se aproximar, Pip notou que o sangue falso parecia um pouco vermelho *demais*, como as manchas de batom em suas mãos.

— Imagino que você seja Reginald Remy — concluiu ela.

— Desculpe, não posso responder. Estou morto — explicou Jamie, arrumando o roupão roxo berrante que vestia por cima da camiseta. — Ah, droga, todo mundo está vindo.

Ele deixou a cabeça pender para trás e fechou os olhos outra vez enquanto Pip ouvia os amigos correndo escada acima.

— Celia, cadê você? — chamou Cara, falando com o sotaque da cozinheira.

— Aqui! — respondeu Pip.

Zach foi o primeiro a chegar no escritório. Ele sorriu quando olhou para dentro e avistou Jamie.

— Por um segundo, pensei que fosse de verdade — comentou o amigo.

Lauren soltou um gritinho enquanto os outros se espremiam atrás dela.

— Que nojo! — exclamou a garota. — E você disse que a gente estava sozinho aqui, Connor.

— Minha nossa! — berrou Connor. — Parece que Reginald Remy foi assassinado!

— É, a gente entendeu. Valeu, Connor — zombou Cara.

— É *Humphrey* para você — retrucou ele.

Houve um momento de silêncio enquanto todos encaravam Connor com expectativa. Então o cadáver pigarreou.

— O que foi? — perguntou Connor, se virando para o irmão.

— Sua fala, Con — lembrou o cadáver, se mexendo o mínimo possível.

— Ah, é verdade. Todo mundo de volta para a sala de jantar! — anunciou Connor. — Vou telefonar para a Scotland Yard de imediato... Ah, e pedir a pizza.

Cada convidado estava sentado em seu respectivo lugar, e Pip resistia à tentação de espiar seu livreto. Alguns minutos se passaram até que Jamie entrou na sala de jantar. Porém, ele já não era mais o cadáver de Reginald Remy. Havia trocado a camisa ensanguentada por uma preta limpa. Em sua cabeça, havia um capacete policial feito de plástico. Ele e Connor eram muito parecidos, até mesmo para irmãos: loiros e sardentos. Embora Connor fosse mais magro e ossudo, e o cabelo de Jamie tivesse um tom mais puxado para o castanho. Jamie havia se oferecido para ser o apresentador do jogo, para que Connor também pudesse participar da investigação.

— Alô, alô, alô — cumprimentou Jamie, parado na cabeceira da mesa com um livreto mais grosso da Kill Joy Games em mãos, examinando-os. — Sou o detetive Howard Whey, da Scotland Yard. Fiquei sabendo que houve um assassinato aqui.

— Foi o Sal Singh! — gritou Ant do nada, olhando em volta, esperando que alguém risse.

A mesa permaneceu em silêncio.

Claro, um assassinato de verdade acontecera na cidade deles, Little Kilton, havia pouco mais de cinco anos. Andie Bell, quando estava com a mesma idade de Pip no momento, tinha sido assassinada pelo namorado, Sal Singh, que cometera suicídio alguns dias depois. Para a polícia, não passou de um típico caso de homicídio seguido de suicídio. E em cada canto de Little Kilton havia um lembrete do acontecido: a escola que Andie e Sal frequentaram, o bosque próximo à casa de Pip onde o corpo de Sal fora encontrado, o banco dedicado à Andie na praça da cidade, os vislumbres das famílias Bell e Singh, que ainda moravam na região.

Era como se Little Kilton fosse definida pelo assassinato de Andie Bell. O nome da cidade e o da garota quase sempre vinham na mesma frase, inseparáveis. Às vezes Pip esquecia que era anormal ter um evento terrível como aquele tão próximo de sua própria vida, e era ainda mais próximo da vida de outras pessoas. Naomi, a irmã mais velha de Cara, tinha sido a melhor amiga de Sal. Pip o conhecera por conta disso, e ele sempre havia sido muito gentil com ela. Pip não queria acreditar no ocorrido. Mas, como disseram na época, foi um caso típico. Ele se matou logo depois. Portanto, devia ter cometido o assassinato.

Pip se voltou para Jamie e viu um lampejo de choque em seus olhos. Ele tinha sido do mesmo ano letivo de Andie e Sal, e feito algumas matérias com Andie.

— Cala a boca, Ant — retrucou Cara, séria, sem o menor vestígio da cozinheira Dora Key.

— É — acrescentou Jamie, se recuperando. — É a cara do Bobby Remy interromper os outros, sempre querendo chamar atenção. Como eu estava dizendo... — ele se apressou em transpor o constrangimento —... houve um assassinato. Reginald Remy morreu, e como vocês são as únicas pessoas nesta ilha particular isolada e vem apenas um barco por dia, o assassino só pode ser um de vocês!

Todos se entreolharam, desconfiados, e Pip notou que Cara evitava encarar Ant.

— Mas, juntos, podemos resolver esse mistério e garantir que a justiça seja feita — continuou Jamie, lendo uma frase de seu livreto. — Vou dar um caderninho e uma caneta para cada um de vocês registrar pistas e teorias — anunciou ele, erguendo uma sacola de mercado.

Jamie pediu para Connor distribuí-los aos amigos. O irmão mais novo, interpretando o mordomo Humphrey Todd, aceitou, obediente.

Pip imediatamente escreveu o próprio nome na primeira página e começou a fazer anotações. Não que ela se importasse com a investigação (afinal, era só um jogo), mas odiava deixar um caderno mal utilizado.

— Para dar o pontapé inicial, que tal fazermos uma rodada de apresentações? Aposto que todos vocês se conhecem muito bem, mas eu gostaria de saber um pouco mais sobre nossos suspeitos. Vamos começar por você, Bobby — disse Jamie, acenando para Ant com a cabeça.

— Tá, pode ser — concordou Ant, se levantando. — Oi, gente, meu nome é Robert "Bobby" Remy. Tenho trinta e nove anos, sou o filho mais velho e *favorito* — acrescentou, lançando um olhar provocador para Zach — de Reginald Remy. Eu trabalhava na rede de Hotéis e Cassinos Remy e estava destinado a herdar a empresa do meu pai, mas há alguns anos percebi que trabalho duro não é o meu forte, e desde então tenho levado uma vida tranquila em Londres. Graças a Deus meu pai ainda me paga uma mesada. Quer dizer, pagava. Ah, coitado, quem poderia ter feito uma coisa dessas?

Ant apertou o peito de forma exagerada.

— Próximo — interveio Jamie, apontando para Zach.

— Oi, pessoal — disse o garoto, levantando-se e acenando de maneira desajeitada para as pessoas ao redor da mesa. — Eu sou Ralph Remy, o filho mais novo de Reginald, e tenho trinta e seis anos. Trabalho na rede de Hotéis e Cassinos Remy, e meu pai vinha me treinando para assumir o comando da empresa há alguns anos. Ele estava aposentado fazia um tempo, mas ainda tomava a maioria das decisões administrativas. Nós trabalhávamos bem juntos. Hm... ah! — exclamou, apontando para Lauren, que estava sentada a dois lugares de distância. — Essa é a minha bela esposa, Lizzie. Estamos casados há quatro anos e somos muito felizes.

Zach foi dar um tapinha desajeitado no ombro de Lauren, então voltou para seu lugar e se sentou.

— Eu? — perguntou Lauren, colocando-se de pé. — Meu nome é Lizzy Remy e tenho trinta e dois anos. Meu sobrenome de solteira era Tasker. Sou nora de Reginald e esposa de Ralph. Sim, somos muito felizes, querido. — Ela sorriu para Zach.

— Também trabalho na empresa da família, gerenciando o

cassino de Londres. Certas pessoas podem achar que não pertenço à família, mas fiz por merecer meu lugar aqui, e isso é tudo o que tenho a dizer.

— Certo — disse Pip, arrumando seu boá de plumas ao se levantar.

Ela se sentia um pouco ridícula, mas já que estava participando da brincadeira, poderia ao menos tentar se divertir. E talvez se esquecer do QPE que a esperava em casa. Droga, tinha pensado naquilo de novo.

— Meu nome é Celia Bourne, e tenho vinte e nove anos. Reginald Remy era meu tio. Meus pais morreram em uma tragédia quando eu era criança, e os Remy são a única família que me restou. Apesar de eu ter que lembrá-los disso — disparou ela, lançando um olhar cortante para Ant e Zach, do outro lado da mesa. — Que bonito que todos vocês trabalham na empresa da *família*. Ninguém nunca me ofereceu um emprego. Atualmente, trabalho como governanta em Londres, educando as crianças de uma família muito acolhedora.

— Aaaah, meus instintos de detetive estão notando certa tensão aqui — observou Jamie, batendo em seu capacete de policial. Ele se virou para Cara e Connor. — E os funcionários da casa?

— Pois não, meu nome é Humphrey Todd — anunciou Connor, se levantando. — Estou na flor da idade, com sessenta e dois anos. Trabalho como mordomo aqui na Mansão Remy há vinte anos. Não é fácil morar em um lugar tão remoto. Veja bem, eu tenho uma filha que não consigo visitar muito. Mas o sr. Remy sempre me pagou um salário justo e sempre tive o maior respeito pelo meu patrão. Após conviver por tanto tempo, nos vendo todos os dias, acredito que tenhamos nos tornado bons amigos.

Ant bufou.

— Ninguém vira amigo de um *funcionário* — comentou ele, com desdém.

— Bobby... — Zach se virou para ele, em choque. — Não seja grosseiro.

— Está certo, senhor — retrucou Connor, fazendo uma reverência de arrependimento para Ant ao se sentar.

— Por último, mas não menos importante... — disse Cara sobre si mesma, retomando o sotaque enquanto ficava de pé. — Meu nome é Dora Key. Tenho só cinquenta e seis anos, apesar de ter ouvido alguns de vocês fofocando que pareço ter oitenta e seis. — Ela lançou um olhar expressivo na direção de Pip. — Sou a cozinheira da Mansão Remy. Para falar a verdade, não trabalho aqui há tanto tempo. Fui contratada há uns seis meses. Pelo visto, a casa contava com mais funcionários antes, porém, depois que a esposa do patrão faleceu, ele começou a mandá-los embora. Mas deve ter percebido que não conseguia viver sem uma cozinheira. Eu e o velho Hump aqui mantemos a casa funcionando, e não é fácil, não.

— Excelente — comentou Jamie. — Agora que todos já se apresentaram, vou lhes contar detalhes do caso nos quais reparei durante minha investigação preliminar. — Jamie começou a ler em voz alta: — Todos os convidados chegaram ontem, na sexta-feira, no mesmo barco vindo do continente, para passar o fim de semana na ilha. Esta noite, no seu aniversário de setenta e quatro anos, Reginald Remy foi assassinado em seu escritório com uma facada no coração. Ele provavelmente morreu na mesma hora. Não há lesões de defesa no corpo, o que indica que Reginald conhecia e confiava na pessoa que o assassinou e que ela conseguiu se aproximar sem levantar suspeitas.

Pip fazia anotações, apressada. Já estava na segunda página do caderno.

— Portanto, nossa próxima tarefa é estabelecer a hora da morte e os álibis de vocês. Então, por favor, cada um passe para a primeira página de seu livreto. Nada além disso.

Pip pegou o dela e o abriu em cima do prato. Leu a primeira página rapidamente, e depois a releu, checando se Connor e Cara não estavam espiando e mantendo a expressão neutra para guardar os segredos de Celia.

SEU ÁLIBI

Quando perguntarem onde você estava no momento do assassinato, diga que estava na cama, tirando um cochilo. Suas alergias atacaram, e você quis descansar um pouco antes do grande jantar de aniversário.

Nesta rodada:

- Escute atentamente os álibis dos demais convidados.
- Quando Lizzie Remy disser o álibi dela, você deve lançar dúvidas sobre ele. Diga que é muito estranho ela afirmar que estava tomando um banho de banheira, porque os canos fazem muito barulho perto do seu quarto quando alguém abre a torneira da banheira no andar de cima, e você não ouviu o som dos canos esta tarde.

Página 1

Kill Joy Games™

três

— O primeiro passo — começou Jamie, sentando-se na cabeceira da mesa — é descobrir quando Reginald foi visto pela última vez e por quem.

— Ah, acho que foi por mim. Por mim, Ralph — anunciou Zach, olhando para o livreto e depois para os amigos, marcando o parágrafo relevante com o dedo. — Lizzie, Celia e eu… — disse, olhando para Lauren e Pip —… estávamos tomando chá com meu pai na biblioteca. A cozinheira… — ele deu um aceno de cabeça para Cara —… nos trouxe bolinhos para acompanhar. As mulheres foram embora primeiro, e, quando terminamos de lanchar, acompanhei meu pai até a escadaria principal. Ele me disse que ia para o escritório resolver algumas coisas antes do jantar de aniversário. Isso foi por volta das 17h15.

— Alguém viu Reginald Remy depois desse horário? — perguntou Jamie, ajeitando o capacete de policial.

Houve alguns murmúrios de negação, pessoas balançando a cabeça e se entreolhando.

— Muito bem, 17h15 — anunciou Jamie, e Pip anotou o horário. — E depois Pip… desculpe… — Jamie forçou a vista na direção do crachá dela. — Celia encontrou o corpo aproximadamente às 18h30. No horário da brincadeira, não da vida real — explicou ele, percebendo a testa franzida de Pip. — Certo, temos o intervalo de tempo no qual o assassinato aconteceu: entre 17h15 e 18h30. Então... — Ele fez uma pausa, olhando para um dos suspeitos de cada vez. — Onde vocês estavam durante esse intervalo crucial de uma hora e quinze minutos?

Connor foi o primeiro a responder, no papel do mordomo Humphrey Todd.

— Bem, eu estava aqui, arrumando a sala de jantar para a comemoração. O patrão gostava que os talheres fossem polidos para ocasiões especiais.

— E você tem alguma prova disso? — perguntou Ant, com toda a pompa de Bobby Remy.

— Minha prova é a mesa à qual você está sentado, meu jovem senhor — respondeu Connor, parecendo ofendido. — Em que outro momento o senhor acha que eu teria tido tempo de arrumar a sala de jantar?

— E onde você estava, Bobby? — perguntou Zach para o irmão mais velho na brincadeira. — Você não apareceu para tomar chá na biblioteca com a gente. Na verdade, passou a tarde inteira sumido.

— Está bem, seu dedo-duro — retrucou Ant. — Se quer saber, fui fazer uma caminhada para refletir. Perto dos penhascos. Tenho certeza, Ralph — ele mostrou uma cara feia fraternal para Zach —, de que você consegue imaginar o motivo.

— Só que eu também dei uma volta pela propriedade — revelou Zach. — Depois de me despedir do nosso pai, resolvi andar pela região sul da ilha, para queimar as calorias dos bolinhos e abrir o apetite para o jantar.

—Ah, é? — interveio Cara no papel da cozinheira Dora Key, apoiando os cotovelos na mesa. — Que engraçado, porque eu também estava por lá e não vi você, Ralph. Não sei bem onde eu estava nesse intervalo, detetive — explicou ela, se dirigindo a Jamie —, já que o relógio da cozinha está quebrado há algum tempo. Mas tenho quase certeza de que foi por volta dessa hora que fui até a horta ao sul da ilha. E não me lembro de ter visto ninguém por lá.

— Nossos caminhos não devem ter se cruzado — rebateu Zach, do outro lado da mesa.

— Isso está óbvio — respondeu Cara. — E você, Pip… droga… Celia. Você *também* estava passeando pelos arredores da mansão?

Pip pigarreou.

— Não, quem me dera. Na verdade, minhas alergias se intensificaram desde que cheguei à ilha, e queria estar me sentindo bem durante o jantar de hoje. Então, depois do chá na biblioteca, fui me deitar para descansar antes da comemoração.

— Onde? — perguntou Ant.

— No meu quarto, é óbvio — Pip se apressou a responder, surpreendendo a si mesma.

Ela se sentia na defensiva? Celia nem existia de verdade, por que Pip a estava defendendo? Todos estavam prestando atenção demais nela, Pip precisava distraí-los.

— Você está muito quieta, Lizzie... Onde você estava? — indagou Pip.

— Ah. — Lauren sorriu com doçura. — Bem, durante o chá, acabei me sujando toda de geleia, então decidi tomar um banho antes do jantar. Era lá que eu estava, na banheira do meu quarto. Você já ouviu falar em tomar banho, minha cara Celia?

— Por uma hora e quinze minutos? — rebateu Pip.

— Eu tomo banhos longos.

— Hmm, que engraçado — comentou Pip, fazendo uma careta. — Porque os canos para o andar de cima passam bem perto do meu quarto, e dá para ouvir toda vez que alguém abre a água da banheira. Faz um barulhão. — Pip fez uma pausa dramática, olhando para os amigos. — Os canos não deram um pio hoje à tarde.

Cara soltou um gritinho de espanto.

— Achei que você tivesse dito que estava dormindo — argumentou Lauren, parecendo nervosa. — Como teria ouvido o barulho?

Pip não tinha uma boa resposta.

— Certo, isso tudo é muito interessante — ponderou Jamie, coçando o queixo. — Então, parece que todos estavam sozinhos na hora do assassinato. O que significa que, na verdade, absolutamente nenhum de vocês tem um álibi.

Cara soltou outro gritinho, mas fez força demais e começou a tossir. Pip deu tapinhas nas costas dela.

— Portanto — continuou Jamie —, todos vocês... Espera, Connor, você pediu pizza, né?

— Pedi, sim.

— Ah, ótimo, só para confirmar — disse Jamie antes de voltar a interpretar o seríssimo detetive Howard Whey. — Portanto, todos vocês tiveram meios e oportunidade de cometer o assassinato. Fico me perguntando qual de vocês também teria um motivo.

Seu olhar recaiu sobre Pip por um instante, e a garota se mexeu sem jeito. Ela não sabia muito sobre Celia, era possível que fosse de fato a assassina.

— Porém, encontrei algo em minha primeira busca no escritório. A arma do crime — anunciou Jamie, apoiando o punho na mesa e se inclinando para a frente. — Foi abandonada ao lado do corpo. Está sem digitais, então o assassino deve ter usado luvas ou a limpado depois. É uma faca. Uma das facas da cozinha.

Todos se voltaram para Cara.

— O que foi?! — exclamou ela, cruzando os braços. — Ah, já entendi, decidiram culpar a pobre cozinheira, né? Qualquer um pode ter entrado na cozinha e pegado uma das facas.

— Não com você lá — argumentou Zach baixinho, sem levantar os olhos.

Ele não era muito de se meter em discussões, mesmo quando estava interpretando outra pessoa.

— Mas eu não estava na cozinha. Já falei, tinha ido até a horta. Quer ver só, vem comigo — disse Cara, se levantando. — Eu falei para vir comigo! Eu tenho provas.

A garota saiu da sala de jantar em disparada.

— Acho melhor irmos atrás dela — declarou Jamie, acenando para os demais.

Aquilo devia fazer parte do jogo, devia estar escrito no livreto de Cara. Pip arrastou a cadeira ao se levantar e saiu correndo rumo à cozinha, com o caderninho e a caneta em mãos.

— Ahá! — exclamou Ant ao entrar, apontando para o porta-facas cilíndrico dos Reynolds. Cada faca tinha uma faixa colorida diferente na base do cabo. — Mais facas. Quantos assassinatos você planeja cometer, Dora?

— Bem, essas são modernas demais para 1924 — argumentou Pip.

— Se vocês puderem fazer o favor de fechar a matraca — reclamou Cara —, em algum lugar desta cozinha está o bilhete que um dos convidados deixou para mim. É a minha prova, então me ajudem a encontrá-lo.

— Você está falando disso aqui? — perguntou Connor, pegando um envelope entre dois pratos no escorredor de louças.

Nele, estava impresso *Pista #1*.

— É, isso mesmo — confirmou Cara, com um sorrisinho no rosto. — Leia em voz alta para a gente.

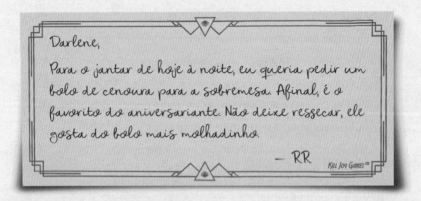

Darlene,

Para o jantar de hoje à noite, eu queria pedir um bolo de cenoura para a sobremesa. Afinal, é o favorito do aniversariante. Não deixe ressecar, ele gosta do bolo mais molhadinho.

— RR

Cara estremeceu.

— Aff, odeio a palavra *molhadinho*.

— Quem é Darlene? — perguntou Connor, franzindo o cenho ao ler o bilhete.

— Bem, parece que alguém nem se deu ao trabalho de aprender meu nome — desdenhou Cara. — Então, por conta disso, tive que ir até a horta pegar cenouras. Aliás, fiz o maldito bolo de cenoura. Ficou *supermolhadinho*.

— O bilhete foi assinado por RR — pensou Pip em voz alta, virando-se para Ant e Zach: Robert e Ralph Remy. — Deve ter sido escrito por um de vocês.

Zach manteve uma expressão neutra, mas Ant sorriu e ergueu as mãos.

— Ok, ok — cedeu ele. — Eu que escrevi o bilhete. Só estava tentando fazer algo legal para meu pai.

— Pela primeira vez na vida — debochou Zach, entrando no personagem.

— Bem, realmente tenho que admitir que meu pai e eu não andávamos muito próximos nos últimos tempos. Era para ser uma surpresa simpática depois de termos tido uma conversa um pouco tensa hoje pela manhã, sabe. Mas então alguém foi lá e matou ele antes que pudesse ver o maldito bolo de cenoura.

— Que horas você deixou esse bilhete, Bobby? — perguntou Pip, com a caneta a postos, analisando os olhos dele.

Afinal, ela não queria perder nenhum detalhe importante. Era *apenas um jogo*, mas, mesmo assim, Pip não gostava de perder.

— Foi perto do meio-dia, eu acho — respondeu Ant, verificando a informação em seu livreto. — É, umas onze e pouco. A cozinheira não estava aqui.

— Viu, eu disse! — exclamou Cara de forma desafiadora.

Pip se virou para ela.

— Esse não é o momento de mandar um "eu avisei".

O olhar triunfante de Cara se transformou em um de traição.

— Como assim? — perguntou a amiga, o sotaque de Dora Key voltando com força total.

— Bobby deixou esse bilhete para você por volta das onze horas — explicou Pip. — Você podia ter ido à horta a qualquer momento a partir de então. O bilhete não prova que você estava lá na hora do assassinato.

— Você está me chamando de mentirosa? — acusou Cara, dando um empurrão de brincadeira em Pip.

— E, além disso — continuou a garota —, o bilhete prova que em algum momento você saiu da cozinha, o que significa que qualquer um de nós podia ter vindo aqui e pegado a faca. — *Até eu*, pensou Pip. Quer dizer, até Celia. — Sabemos que Bobby esteve aqui sozinho quando deixou o bilhete. Inclusive, essa pode ter sido a artimanha dele para ter acesso à arma do crime, e...

Seu discurso foi interrompido por um barulho alto e metálico que reverberou pela casa.

Então, um grito se juntou àquele som.

quatro

— É só a campainha — explicou Jamie. — As pizzas chegaram!

Lauren parou de gritar no mesmo instante, tentando sem sucesso disfarçar com uma tosse.

Jamie se apressou para atender a porta, lembrando-se no último segundo de tirar o capacete de policial. Pelo menos ele não estava mais coberto de sangue.

— Alguém quer de churrasco texano? — perguntou Connor alguns minutos depois, entregando uma caixa de pizza para Zach, que estava do outro lado da mesa.

— Sou uma chef e tanto! — comentou Cara, com um fio pegajoso de queijo grudado no queixo.

Havia três fatias no prato de Pip, mas ela ainda não tinha tocado na comida. Estava debruçada sobre o caderninho, anotando os álibis de todo mundo e suas teorias iniciais. Por enquanto, Bobby parecia muito suspeito, pensou Pip, lançando um olhar furtivo para Ant. Mas será que não era isso que o jogo queria que ela pensasse? Ou seria apenas porque Ant a irritava até em seus melhores momentos? Pip precisava raciocinar de forma objetiva, tirar suas opiniões e sentimentos de cena.

— Certo — disse Jamie, parando de comer sua pizza por um momento, o capacete torto de um jeito engraçado em sua cabeça. — Fico feliz em ver que ninguém perdeu o apetite por conta desse assassinato horripilante. Mas enquanto vocês estavam comendo, concluí minha segunda busca na cena do crime e descobri algo *muito* interessante.

— O quê? — quis saber Pip, a caneta pairando sobre o caderno.

Talvez ela tivesse se enganado antes. Talvez resolver assassinatos não fosse tão diferente de fazer o dever de casa. Pip sentia o resto do mundo desaparecer enquanto mergulhava de cabeça na investigação, como acontecia quando ela escrevia uma redação ou ouvia uma temporada inteira de um podcast de *true crime* em uma noite só, ou fazia qualquer coisa, para falar a verdade. Os professores chamavam isso de "foco excelente", mas a mãe de Pip se preocupava que o comportamento fosse mais próximo da obsessão.

— Ah, não, o demônio acordou — provocou Cara, com um cutucão entre as costelas de Pip.

Ela fazia isso desde que as duas tinham seis anos de idade, sempre que Pip ficava séria *demais*.

— Lembra que é para a gente se divertir, Celia — acrescentou a amiga.

— Acho que os funcionários não deviam tocar nos membros da família — comentou Lauren, com ar esnobe.

— Vai se foder, Lauren — respondeu Cara, tomando um grande gole de vinho.

— É Lizzie.

— Ah, perdão. Vai se foder, Lizzie.

— Está bem. — Jamie riu, elevando um pouco o tom de voz. — Na minha segunda busca, descobri que o cofre, que ficava escondido atrás do retrato de família no escritório de Reginald, se encontrava aberto. E… vazio.

Cara soltou outro gritinho chocado, e Jamie lhe agradeceu com um aceno de cabeça.

— Isso mesmo — prosseguiu Jamie. — Alguém arrombou o cofre e roubou seu conteúdo. Ralph me informou que o pai dele guardava documentos importantes ali dentro.

— Informei? — perguntou Zach.

— Aham — confirmou Jamie. — O arrombamento do cofre pode ter acontecido antes ou depois do assassinato, mas sem dúvidas aponta para um possível motivo. — Ele baixou os olhos para o livreto do apresentador. — Mas quais segredos Reginald guardava ali dentro? Seja lá o que um de vocês tenha pegado do cofre, é possível que a evidência ainda esteja em algum canto da mansão. Talvez a gente devesse ir procurar…

Pip não precisou de mais incentivo. Foi a primeira a se levantar e sair da sala de jantar, enquanto os outros tiravam sarro dela. Para onde ir? Eles estiveram na cozinha há pouco tempo, então a evidência devia estar em outro lugar. Na biblioteca? Ela já havia aparecido na história algumas vezes.

A garota se dirigiu para a sala de estar. A placa de *Biblioteca* batia na porta, forçando o durex, graças ao vento que entrava por alguma fresta pequena e desconhecida. Pip ouviu Cara e Lauren subindo a escada às suas costas. Será que estavam indo para o escritório de Reginald? A evidência que procuravam não estaria lá, o que quer que fosse. Era de lá que havia sido roubada.

Ela parou na soleira e examinou a sala de estar. Havia um grande sofá de canto e uma poltrona onde eles em geral se instalavam. A tela escura da TV na parede oposta, e Pip era um fantasma sem rosto refletido no aparelho, parada na soleira de um jeito estranho. Havia uma prateleira acima da lareira com duas plantas e oito livros. Era um exagero chamar aquilo de biblioteca, mas tudo bem…

Ela deu um passo à frente. No braço de um dos sofás, havia um jornal. Pip deu uma olhada, mas não era uma pista. Tratava-se do jornal da cidade, o *Kilton Mail*, aberto em uma matéria sobre novas medidas de moderação de tráfego na High Street, escrita por Stanley Forbes. Que assunto fascinante.

Em cima do jornal, estava um rolo de fita adesiva. Aquele cômodo devia ter sido o último a ter a porta marcada por Jamie.

Outro fantasma apareceu na TV, e uma tábua do assoalho rangeu atrás de Pip, fazendo a garota estremecer. Ao virar a cabeça, ela viu que era só Zach.

— Encontrou a evidência? — perguntou ele, mexendo em seu chapéu de palha.

— Ainda não.

— Talvez esteja dentro de alguma coisa, tipo um livro.

Zach atravessou o cômodo até a prateleira acima da lareira. Pegou um livro e folheou as páginas, então balançou a cabeça e o colocou de volta no lugar.

Pip se juntou à busca, começando do outro lado da prateleira. Pegou uma edição em brochura de *It: A Coisa*, do Stephen

King, e folheou as páginas com o polegar. Algo escapou e caiu no chão.

— O que é isso? — perguntou Zach.

— Ai, caramba. — Pip se ajoelhou para pegar o objeto, percebendo o que era. — Não é nada. Só um marcador de livro. Ops.

Ela cerrou os dentes e recolocou o marcador próximo da página quatrocentos. Devia ter caído mais ou menos dali. Com sorte, ninguém perceberia. Em especial o pai de Connor, que era assustador até em seus melhores momentos.

Pip apoiou uma das mãos no piso para se levantar e devolver o livro à prateleira, mas parou ao reparar na lareira. Havia algo ali dentro. Pedaços rasgados de papel branco, espalhados em meio ao carvão queimado. E no pedaço de papel no topo, estava escrita a palavra *Pista*.

— Zach, quer dizer, Ralph, achei — anunciou Pip, recolhendo os papéis rasgados e colocando-os no chão. — Alguém tentou destruir a pista.

— O que é? — indagou Zach, se ajoelhando e ajudando a amiga a tirar os últimos pedaços de papel da lareira.

Eram dezoito ao todo.

— Ainda não sei, mas tem palavras em todos os pedaços. Parece que foram digitadas. Precisamos dar um jeito de juntar tudo… Ah! Zach, pega aquela fita adesiva no sofá, por favor?

Ele trouxe a fita adesiva e arrancou pedacinhos com os dentes, colando uma ponta de cada um no chão. Deixou as fitas alinhadas, à espera de Pip.

A garota examinou os fragmentos de papel, pegando as palavras cortadas e organizando-as em frases. Foi arrumando os pedaços de papel até que se encaixassem, como as peças de um quebra-cabeça. Seus olhos se demoraram na repetição da palavra *lego*.

— Parece que é o testamento de Reginald ou algo assim — comentou Pip.

Ela acrescentou mais um papel rasgado para completar uma linha de texto.

Zach colava a fita adesiva com gentileza nos pedaços, para uni-los.

Então os dois ouviram um barulho no corredor. Passos e risadinhas. E então a voz de Ant:

— Detetive, preciso denunciar um crime muito grave: o mordomo roubou meu bigode!

— Pronto! — exclamou Pip, segurando o documento, que brilhava por causa da fita adesiva e ressuscitara um pouco deformado.

De um lado estava escrito *Pista #2*, e do outro estava impresso o *Testamento de Reginald Remy*.

— A gente tem que mostrar isso para os outros — opinou Zach, endireitando-se.

Pip quase tropeçou no caminho para a sala de jantar, sem conseguir tirar os olhos da pista. Será que aquele velho desgraçado tinha deixado alguma coisa para ela?

— Acharam? — perguntou Jamie, terminando de comer sua última borda de pizza.

Pip ergueu o testamento em resposta.

O detetive chamou os outros convidados de volta para a sala de jantar e mandou todos se sentarem. Ant foi o último a entrar. Tinha conseguido recuperar o bigode roubado por Connor, embora estivesse torto em seu rosto.

— Celia e Ralph encontraram algo que deve ter sido roubado do cofre — anunciou Jamie. — Celia, se puder nos dar a honra de ler em voz alta...

TESTAMENTO DE REGINALD REMY

Eu, Reginald Remy, em perfeito juízo e em pleno gozo de minhas faculdades mentais, declaro que estas são minhas últimas vontades. Revogo todos os testamentos e codicilos previamente feitos por mim.

Ao meu filho, Ralph Remy, lego a propriedade total de minha empresa Hotéis e Cassinos Remy, para administrá-la como bem entender. Além disso, deixo para ele a Mansão Remy na ilha Joy, o casarão de Londres e a quantia de dois milhões de libras.

À minha nora, Elizabeth Remy, lego a quantia de quinhentas mil libras e meu cavalo de corrida, Trovão Azul, porque sei que ela adora ir às corridas.

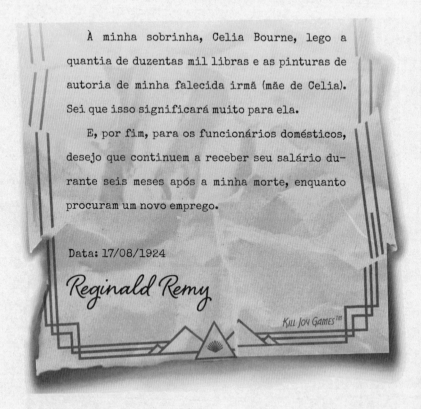

À minha sobrinha, Celia Bourne, lego a quantia de duzentas mil libras e as pinturas de autoria de minha falecida irmã (mãe de Celia). Sei que isso significará muito para ela.

E, por fim, para os funcionários domésticos, desejo que continuem a receber seu salário durante seis meses após a minha morte, enquanto procuram um novo emprego.

Data: 17/08/1924

Reginald Remy

Kill Joy Games™

Jamie se colocou atrás de Pip, estudando o documento por cima do ombro da garota.

— Parece que o testamento foi redigido recentemente, na semana passada — apontou o detetive.

Mas havia outra revelação importante no documento. Pip a percebera mesmo enquanto se concentrava em ler em voz alta, os olhos saltando entre as palavras, observando as lacunas como se também não conseguissem acreditar naquilo.

Ela ergueu o rosto e analisou a expressão dos companheiros. Será que mais alguém havia percebido? Ant não percebera, estava ocupado demais mexendo no bigode.

— Vocês repararam? — indagou ela, o olhar passando pelo grupo e pousando em Ant.

— Perceberam o quê? — perguntou ele.

— Robert "Bobby" Remy — informou Pip, estendendo o documento para Ant —, você foi excluído do testamento de seu pai.

cinco

— Nem ferrando. Me dá isso aqui — exigiu Ant, arrancando o testamento das mãos de Pip e correndo os olhos pela página. — Aquele filho da mãe não deixou nada para mim? Eu sou o filho mais velho. Até os funcionários da mansão receberam alguma coisa.

— A gente encontrou esse documento na lareira — explicou Pip para os amigos. — Alguém tentou destruí-lo. Estava todo rasgado.

— Você está insinuando que fui eu? — perguntou Ant, na defensiva, deixando o papel cair em seu prato vazio.

— A coisa não parece muito boa para o seu lado — rebateu Zach.

— Por quê?

Os irmãos Remy se entreolharam, embora Pip conseguisse perceber que os dois estavam se esforçando para não sorrir e sair do personagem. O bigode de Ant não ajudava.

— Porque seu pai escreveu um novo testamento na semana passada, e deixou você de fora — explicou Pip. — E aí hoje alguém invadiu o escritório dele e tentou destruir esse documento, assim o testamento antigo seria válido. Ah, e logo depois seu pai foi assassinado. Você está tão desesperado assim para botar a mão na grana?

— Não fui eu — garantiu Ant. — Não arrombei o cofre nem rasguei o testamento.

— Aham — debochou Cara. — Isso é o que um assassino diria.

— E você não disse que teve uma conversa tensa com seu pai hoje de manhã? — perguntou Pip, relendo suas anotações. — Foi tensa porque ele contou que tinha tirado você do testamento, Bobby?

— Não — respondeu Ant, mexendo no colarinho. — É que nossas conversas sempre eram tensas.

— Bem, tudo isso é muito interessante — comentou Jamie, encarando seu livreto de apresentador. — E, por falar em conversas tensas, alguém ouviu mais alguma coisa neste fim de semana? Qualquer coisa que, depois do assassinato, pareça suspeita ou esquisita? Por favor, virem para a página dois no livreto de vocês. Não avancem mais do que isso.

Pip se recostou na cadeira, desvencilhando-se do boá de plumas, e passou para a página seguinte.

Nesta rodada:

- Ralph Remy contará que ouviu uma mulher ao telefone ontem à noite, dizendo coisas meio estranhas. Foi **você** quem ele ouviu, e você precisa admitir isso. No entanto, diga ao grupo que estava apenas conversando sobre seu contrato de trabalho e suas datas de expediente com a família para a qual você trabalha como governanta. Seja convincente.
- Para contra-atacar, você deve contar ao grupo que ouviu uma conversa comprometedora entre Ralph e Reginald a caminho de fazer seu telefonema. Algumas frases específicas que você ouviu Ralph dizer são: "eu me recuso a fazer isso, pai", "esse seu plano é ridículo e nunca vai funcionar" e "não tem como se livrar disso".

Pip terminou de ler e ergueu a cabeça. Com o canto do olho, percebeu que Cara a observava com atenção. Um sorrisinho se abriu no rosto da amiga. Pip apertou o livreto contra o próprio vestido, guardando seus segredos junto ao peito, para que Cara não pudesse ler o que estava escrito. O que a amiga sabia? Ou será que Pip estava apenas paranoica, imaginando coisas?

Seja convincente. Isso devia significar que aquela explicação não era verdadeira. Por que Celia estaria mentindo? O que ela tinha a esconder? Pip teria que mentir e esconder seja lá o que fosse também.

Ant pigarreou.

— Bem... — começou ele. — Ouvi uma conversa entre meu pai e o mordomo ontem.

Connor se endireitou na cadeira.

— Ah, não foi nada muito grave — assegurou Ant, sorrindo. — Só me lembro do meu pai ter dito para você que estava apreensivo com o aniversário. É claro que todos nós sabemos o motivo, considerando o que aconteceu neste mesmo dia no ano passado.

A mesa permaneceu em silêncio.

— Não sei o que aconteceu no ano passado — comentou Jamie. — Alguém pode me explicar, por favor?

Ant se virou para ele.

— Bem, detetive, houve um acidente trágico.

Um movimento repentino fez com que Pip desviasse o olhar de Ant. Zach tinha acabado de se encolher na cadeira, sua mão subindo pelo braço. Devia ter sido uma mosca.

— A família toda estava hospedada na Mansão Remy para comemorar o aniversário do meu pai — prosseguiu Ant. — À tarde, fui dar um passeio pela ilha com minha mãe, Rose Remy. Foi uma caminhada normal e agradável, e era um dia ensolarado, só com um pouco de vento. Não sei bem como aconteceu... mas foi um acidente horrível.

Zach estremeceu outra vez, chutando sem querer uma perna da mesa.

Pip estreitou os olhos e estudou o amigo. Zach tinha feito aquilo duas vezes em trinta segundos. Era estranho. Ela repetiu as palavras de Ant em sua mente. Espere, havia um padrão. Em ambas as vezes, Zach havia se encolhido logo depois de Ant dizer a palavra *acidente*. Ele estava fazendo aquilo de propósito ou Pip estava imaginando coisas?

— Eu devia estar caminhando na frente dela, porque não vi o que aconteceu — declarou Ant. — Mas ouvi um grito e me virei assim que ela caiu do penhasco. Era tão alto que os médicos disseram que ela morreu no instante do impacto. — Ant olhou para baixo e suspirou. — Não sei se ela perdeu o equilíbrio, tropeçou ou alguma outra coisa. Foi um acidente terrível e bizarro.

Pip estava preparada daquela vez, com o olhar focado em Zach. O garoto se encolheu, passando os dedos nervosamente pelo pescoço. Os olhos dele encontraram os dela por menos de um segundo. Sem dúvidas, ele estava fazendo aquilo de propósito. Já tinha se repetido demais para ser coincidência. Devia haver uma instrução no livreto dele para esboçar uma reação física sempre que o irmão usasse a palavra *acidente*.

E o que aquilo significava? Bem, parecia que Ralph Remy não acreditava que a morte da mãe tinha sido um acidente, de jeito nenhum. Talvez pensasse que Bobby havia empurrado e matado a mãe deles.

Pip pegou o caderninho e anotou sua teoria em tópicos apressados.

— Meu pai nunca mais foi o mesmo depois da morte dela — opinou Ant baixinho.

— É verdade — acrescentou Zach, dando um tapinha nas costas dele. — A situação foi bem estranha, afinal, ela caminhava perto daqueles penhascos todos os dias. Ela sempre tomava muito cuidado e nunca chegava perto da beirada.

— É mesmo — concordou Ant, embora Pip tivesse certeza de que as palavras de Zach insinuavam algo muito, muito diferente.

Ele achava que o próprio irmão tinha matado a mãe. E agora o pai deles também tinha sido assassinado. Aquilo, sim, era uma família disfuncional. Talvez fosse bom os Remy nunca terem recebido Celia de braços abertos, no fim das contas.

— Trágico — comentou Jamie, assentindo com solenidade. — Duas tragédias ocorridas no aniversário de Reginald. Alguém mais ouviu algo estranho ou suspeito neste fim de semana?

Zach ergueu a mão. Pronto, ele estava prestes a se voltar contra Celia. *Entre na personagem, Pip.*

— Sim, eu ouvi — disse ele, tímido, lendo o livreto. — Ontem à noite, quando já estava bem tarde, ouvi alguém falando no andar de baixo quando passei pelo corredor a caminho do meu quarto. Era uma voz de mulher, e acho que estava conversando ao telefone. Fiquei ouvindo por um tempinho. Ela estava recitando uma série de números, tipo *cinco, trinta e um, doze, sete*, sem parar e em uma ordem aleatória. Bem bizarro. — Zach fez uma pausa. — E depois ela começou a sussurrar, e não consegui entender mais nada, só a ouvi repetir a palavra *acabar* — informou ele, lançando um olhar nervoso para Pip. — Não era a voz de Lizzie, e duvido que fosse a cozinheira...

— Se vai me acusar, é melhor demonstrar alguma convicção — retrucou Pip, com um sorriso doce e afiado ao mesmo tempo.

— Então está bem, era você, Celia — afirmou Zach. — O que você estava fazendo? Com quem conversou ao telefone?

— Você está fazendo papel de bobo — disse Pip. — Não tinha nada de suspeito acontecendo. Eu só estava conversando com meu chefe. Você nunca demonstrou muito interesse pela minha vida, primo, mas, como eu já disse, trabalho como governanta, educando as crianças de uma família abastada. Tive que tirar folga para vir para cá comemorar o aniversário do meu tio, é claro. Então eu estava ao telefone repassando meu contrato de trabalho e avisando ao meu empregador quando estaria de volta, já que eu não queria ver meu contrato *acabar*. E, quanto aos números, ele só queria saber a data das provas de matemática do filho mais velho.

— Meio tarde para uma ligação de trabalho — comentou Lauren, apoiando o marido.

— Bem, ser governanta é uma função em tempo integral, Lizzie — explicou Pip. — Não que você saiba como é isso, já que é convenientemente sustentada pela família do seu marido.

— Tooooooma! — exclamou Cara, rindo e levantando a mão para bater na de Pip.

— Mas foi bom você ter trazido conversas suspeitas à tona, Ralph — continuou Pip, apoiando os cotovelos na mesa e o queixo nos nós dos dedos. — Porque, aliás, eu ouvi uma conversa sua depois que terminei minha ligação.

— Ih, mais uma reviravolta — comentou Connor.

Ele pegou a caneta sem jeito, mas não começou a escrever de imediato.

— Você estava com seu pai no escritório dele, o local do assassinato, tendo uma conversa muito acalorada — revelou Pip.

— É mesmo? — desafiou Zach, cruzando os braços.

— Aham. E ouvi algumas frases do bate-boca de vocês. — Pip consultou seu livreto para ser mais precisa. — Uma hora, você falou: "eu me recuso a fazer isso, pai". Depois, você disse: "esse seu plano é ridículo e nunca vai funcionar". E a última coisa que ouvi você dizer, antes de me afastar, foi: "não tem como se livrar disso". Você poderia explicar para a gente por que estava discutindo com um homem que foi assassinado menos de vinte e quatro horas depois?

— Pois não — replicou Zach, tentando fazer uma careta de escárnio digna de Ralph, mas que acabou se transformando em um sorriso. — Fique sabendo que estávamos falando de negócios. Ainda tomávamos decisões em conjunto a respeito da rede de hotéis e cassinos. A verdade é que a empresa não tem andado tão bem nos últimos tempos, e estamos sofrendo muita pressão dos nossos principais concorrentes no ramo de hotéis e cassinos de luxo, a família Garza.

Cara fungou à esquerda de Pip, distraindo a amiga. Ou talvez ela tivesse ouvido outro som. Parecia um baque surdo ou um estrondo abafado vindo de fora da casa. Não devia ser nada, e Zach tinha voltado a falar...

— Como todos sabem, a família Garza é nossa rival há muito tempo e se tornou muito menos amigável desde que minha querida mãe faleceu. — Zach se virou para o detetive para explicar: — As matriarcas das duas famílias eram amigas... Bem, ao menos minha mãe e a esposa do sr. Garza mantinham uma relação amigável. Mas os Garza estão avançando sobre nosso território, por assim dizer, porque fazemos mais dinheiro... por pouco. Meu pai e eu discordávamos sobre uma estratégia de negócios para tentar garantir que as pessoas continuassem a frequentar nosso cassino, e não o dos Garza. Foi só isso. A gente vivia discutindo por causa da empresa, mas sempre nos entendíamos no final.

— E a parte do "não tem como se livrar disso"? — questionou Pip.

— Bem, esse já era um assunto um pouco diferente — admitiu Zach. — Meu pai me disse que havia pedido para alguém conferir os registros financeiros, e parecia que um dos funcionários andava desviando dinheiro do cassino de Londres.

O lado da mesa sem membros da família Remy encarou o lado em que os Remy estavam.

— Ei, nem pensem que foi o Bobby aqui — defendeu-se Ant. — Meu pai me demitiu anos atrás. Não poderia ter sido eu.

— Alguém desviando dinheiro? No meu cassino? — perguntou Lauren.

— No cassino que você *administra*, Lizzie — corrigiu Pip.

Zach concordou com um aceno de cabeça.

— Aí eu disse que iríamos investigar e que o responsável não iria se safar, ou algo assim. Nada de suspeito também.

Ele ergueu as mãos em sinal de inocência.

Foi nesse momento que Pip ouviu o som outra vez. Ou pensou ter ouvido. Havia algo lá fora. Ela se virou para a janela. Estava mais escuro, a noite prestes a se tornar um breu total.

— O que foi? — perguntou Cara à amiga.

— Acho que ouvi alguma coisa lá fora.

— O quê? — quis saber Lauren, perdendo o tom arrogante de Lizzie Remy.

— Não sei direito.

Todos escutaram com atenção, mas o jazz animado estava alto demais, e o saxofone abafava qualquer outro som.

— Alexa, parar a música! — gritou Connor.

A música foi interrompida, e Pip se pôs a ouvir. Uma espécie de silêncio alto se seguiu: a respiração dos amigos, o barulho da própria língua se movimentando dentro da boca, o assobio do vento...

E então o som se repetiu.

Um estrondo vindo da escuridão do jardim.

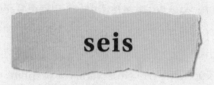

seis

Connor se voltou para o irmão, o pânico dilatando suas pupilas.

Jamie sustentou o olhar dele por um instante, então abriu um sorriso e comentou:

— Caramba, vocês estão assustados demais. É só a porta do galpão no quintal, às vezes ela bate por causa do vento. Está tudo bem.

— Tem certeza? — perguntou Lauren.

O braço de Lauren tinha se enroscado no de Ant, notou Pip.

— Tenho — garantiu Jamie, rindo, então acrescentou: — Ah, os jovens de hoje em dia...

— Bem, não é nossa culpa termos crescido em uma cidade onde assassinatos acontecem — rebateu Lauren, soltando o braço de Ant e lançando um olhar envergonhado para o garoto.

— Talvez sejam fantasmas — observou Ant, com as bochechas coradas. — Eu consigo pensar em dois espíritos vingativos da região que podem estar por trás disso.

— Ant... — Cara chamou a atenção dele.

— Está tudo bem — interveio Jamie. — Só ignorem o barulho. Alexa! Volta a tocar a música e aumenta o som. Pronto, mal dá para ouvir agora. Não vai acontecer nenhum assassinato *de verdade* hoje, galerinha. Beleza, de volta a 1924.

Ele endireitou o capacete, e Pip pegou a caneta outra vez.

— Como todo detetive sabe, assassinos costumam ter um motivo para matar — declarou Jamie. — Fico me perguntando se alguém aqui guardava rancor do falecido Reginald Remy. Se tinha ódio dele por alguma razão. Passem para a próxima página, por favor.

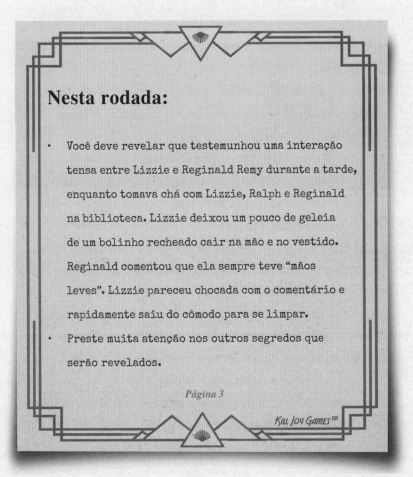

Nesta rodada:

- Você deve revelar que testemunhou uma interação tensa entre Lizzie e Reginald Remy durante a tarde, enquanto tomava chá com Lizzie, Ralph e Reginald na biblioteca. Lizzie deixou um pouco de geleia de um bolinho recheado cair na mão e no vestido. Reginald comentou que ela sempre teve "mãos leves". Lizzie pareceu chocada com o comentário e rapidamente saiu do cômodo para se limpar.
- Preste muita atenção nos outros segredos que serão revelados.

Página 3

Kill Joy Games™

Pip voltou sua atenção para Lauren e a observou ler o próprio livreto e morder o lábio em concentração. Então o olhar de Lauren foi direto para ela, e Pip sentiu um frio na barriga. As duas se encararam por um longo momento até que Lauren deu uma fungada e rompeu a conexão. Seus lábios estavam franzidos em uma carranca.

Mãos leves? Isso significa alguém que rouba, não? Uma ladra. Ah, caramba...

Pip pegou o caderninho e começou a escrever, os dedos tentando acompanhar o ritmo veloz de sua mente. Reginald e Ralph tiveram uma conversa na noite anterior sobre como alguém estava desviando dinheiro do cassino de Londres, que Lizzie Remy administra. E hoje Reginald havia feito um comentário sobre *mãos leves*. Ele devia achar que ela era a ladra! E, a julgar pela reação de Lizzie, talvez Reginald tivesse acertado em cheio. E se Lizzie estava ciente de que ele sabia... Bem, com certeza era um bom motivo para matá-lo. A alternativa seria ir para a cadeia.

Os pensamentos de Pip foram interrompidos pelo pigarro de Zach, que começou um discurso interpretando Ralph.

— Bem, detetive, se o senhor estiver se referindo a algum ressentimento dentro da família, creio que havia muito rancor entre meu irmão, Bobby, e meu pai. O que, sem dúvida, fica evidente pelo fato de ele ter sido retirado do testamento.

Ant deu um cutucão no rosto de Zach, perto demais do olho do amigo.

— Ai — reclamou Zach, se encolhendo.

— Só um pouquinho de amor fraternal — retrucou Ant, as palavras saindo meio arrastadas.

— De todo modo — continuou Zach —, esse ressentimento começou há vários anos, quando Bobby ainda trabalhava para nosso pai e era o *herdeiro* da rede de cassinos. Por passar o dia inteiro em lugares assim, Bobby desenvolveu um sério vício em jogos de azar. Ele vivia endividado e pedindo dinheiro emprestado. E, quando os bancos não quiseram mais fazer empréstimos para ele, Bobby recorreu a uma fonte menos confiável. Pegou dinheiro com uma gangue de agiotas e, é claro, perdeu tudo em apostas. Quando não conseguiu pagar a gangue, foi ameaçado de morte. Então, meu pai tirou Bobby do buraco, pagou os agiotas e todas as outras dívidas para salvar a vida dele. Mas, a partir de então, meu pai proibiu Bobby de trabalhar ou ter qualquer relação com os negócios da família. Ele disse que continuaria a dar uma ajuda de custo mensal para Bobby levar uma vida confortável, mas prometeu que, se Bobby apostasse de novo, uma vez que fosse, o deserdaria. Foi um ultimato.

— É. — Ant assentiu. — É tudo verdade. Peguei dinheiro com as pessoas erradas. Era uma gangue chamada Arruadores de East End, caso queira saber. Mas não sei por que você acha que eu guardava rancor do nosso pai por isso. Ele me salvou. Além do mais, continuou me pagando sem eu ter que fazer nada. Era literalmente a situação perfeita para mim. Nunca senti um pingo de rancor.

— Ah — fez Jamie, o detetive, lendo o roteiro. — Os Arruadores de East End são barra-pesada. Nós da Scotland Yard já esbarramos muito com eles. Veja bem, essa gangue está envolvida com tráfico de cocaína. E com outras atividades ilegais. Meses atrás, meu parceiro se infiltrou para rastrear as compras de cocaína deles, mas deve ter sido desmascarado. Ele foi assassinado com um tiro na rua. Uma coisa terrível. Fico aliviado por você ter saído ileso, Bobby.

— Obrigado, detetive.

Puxa-saco, pensou Pip, preenchendo mais uma página do caderno.

— Mais alguém sabe se outra pessoa daqui guardava rancor de Reginald? — indagou Jamie.

Pip ergueu a mão.

— Hoje à tarde — começou ela, evitando o olhar de Lauren —, Lizzie, Ralph e eu estávamos na biblioteca tomando chá e comendo bolinhos com Reginald, como todos já sabem. Mas uma hora Lizzie sujou as mãos e a roupa com geleia e começou a fazer um pequeno alvoroço, então Reginald olhou para ela e comentou que ela costuma ter "mãos leves". — Pip fez uma pausa. — O clima ficou muito tenso. Lizzie pareceu chocada e pediu licença para sair da biblioteca.

— *Mãos leves*, hein, Lizzie? — provocou Cara, fazendo as sobrancelhas subirem e descerem de forma sugestiva.

— Significa uma pessoa que rouba — explicou Pip.

Cara murchou.

— Ah, isso não é tão engraçado.

Lauren riu, acenando com desdém.

— Ah, isso não foi nada. Não houve tensão alguma, e não sei se entendi direito o que você está insinuando — retrucou ela, encarando Pip. — Reginald gostava de me provocar, já que eu era sua única nora, e sou muito desastrada, sempre deixo a comida cair, por isso o comentário sobre *mãos leves*.

— Aham, sei — disse Cara, a expressão zombeteira. — De todo modo, tenho algo a acrescentar.

A mesa inteira prestou atenção nela, e Dora Key, a cozinheira, voltou com força total. Cara aprumou a postura e mexeu no avental, inquieta.

— Como somos os únicos funcionários daqui, em geral Humphrey e eu conversamos à noite, depois de terminar o serviço. Para passar o tempo. E, bem... — Ela olhou de soslaio para Connor. — Esta semana, nossas conversas tomaram um rumo um tanto quanto sombrio. Perturbador, em vista do que aconteceu.

— Como assim? — perguntou Pip, impaciente.

— Hã... Alguns dias atrás, Humphrey estava reclamando do patrão, e eu falei: "Ah, ele não é tão ruim." Mas Humphrey respondeu: "Eu odeio ele." Alguém finge espanto, por favor.

Jamie e Zach obedeceram, arregalando os olhos com o maior entusiasmo. Pip estava ocupada demais escrevendo.

— Isso, obrigada — agradeceu Cara, com um aceno de cabeça para eles. — Mas essa não é a pior parte.

— Ainda piora? — reagiu Ant, encarando Connor. — A coisa não parece estar boa para o seu lado, Humphrey. É sempre o mordomo, né?

— Piora muito — afirmou Cara, lançando um olhar dramático para cada um. — Outro dia, Humphrey estava falando sobre Reginald Remy quando se virou para mim, com um brilho terrível nos olhos, e disse: "Queria que ele morresse."

sete

Silêncio recaiu sobre a sala de jantar. Ouvia-se apenas as notas agudas e graves dos trompetes enquanto Connor se remexia na cadeira.

— Obrigado, Dora, por compartilhar nossas conversas *particulares* — soltou ele, enfatizando a última palavra.

— Tive que contar a verdade — defendeu-se Cara, erguendo as mãos. — Um homem morreu.

— De fato, mas não por minha causa.

— E é verdade? — insistiu Pip. — Você falou aquilo? Queria que Reginald morresse?

— É, eu falei, sim, mas não era sério — respondeu Connor, ajustando a gravata-borboleta branca como se a peça estivesse apertando seu pescoço, tentando estrangulá-lo. — Foi apenas um desabafo. Tenho certeza que a maioria dos mordomos tem alguma reclamação dos patrões. E, bem, eu estava chateado com Reginald porque pedi uma folga algumas semanas atrás, e ele recusou na hora. Disse que estava muito ocupado naquele momento e não podia me dar uma folga sem aviso prévio, por mais que eu implorasse.

— Por que você queria uma folga? — perguntou Pip, a caneta a postos em cima da página do caderno.

— Para visitar minha filha. Eu quase não a via. E agora é... Era importante para mim, e fiquei com raiva, nada além disso. Não significa que sou um assassino.

— Mas faz você parecer suspeito pra caramba — opinou Ant.

—Você não tem moral para falar isso, Bobby — rebateu Pip.

— E, de qualquer forma, se querem falar sobre *suspeitos* — prosseguiu Connor, finalmente desabotoando a gravata e apontando para Cara —, que tal falarmos sobre Dora Key? Já que você decidiu revelar meus segredos.

— Por mim, tudo bem. Eu sou um livro aberto. Olha na minha *cara* e vê se estou mentindo — rebateu Cara, com uma piscadela.

Pip, sentada entre os dois, empurrou a cadeira para trás para poder assistir à briga.

—Ah, é mesmo? — provocou Connor, juntando os dedos. — Bem, explique isso, então. Dora Key foi contratada por Reginald faz apenas seis meses. Eu conhecia a antiga cozinheira muito bem, nós trabalhamos juntos por quinze anos. Mas, de repente, ela se demitiu sem explicação. Ela nunca tinha mencionado para mim que queria sair do emprego. E, quando foi embora, pouco antes de embarcar de volta para o continente, ela me contou que havia sido forçada a pedir demissão, que alguém tinha ameaçado a vida dela, mas não podia revelar quem foi. E, dois dias depois, Dora Key apareceu. A nova cozinheira. E a comida dela é horrível. Então, quem é você e o que veio fazer aqui?

— Como ousa?! Eu fiz pizza da Domino's para você — retrucou Cara, tentando conter um sorriso. — Até de pepperoni.

— Certo, está bem — interveio Jamie, fazendo todos ficarem quietos. — É evidente que há muitos segredos aqui. E alguns deles podem estar ligados ao assassinato. Mas chegou a hora de cada um de vocês descobrir seu próprio maior segredo. Por favor, virem a página e tomem cuidado para ninguém mais ver o que está escrito no seu livreto.

A cadeira de Pip rangeu contra as tábuas do assoalho quando ela se arrastou de volta para a mesa.

— Calma aí, posso mijar antes de a gente ir para a próxima parte? — perguntou Ant. — Estou explodindo.

Jamie assentiu.

— É claro. Os demais podem ler seus segredos enquanto esperamos.

O coração de Pip foi parar na garganta quando ela pegou o livreto. Qual era seu maior segredo? O que Celia Bourne estava escondendo?

Pip virou a página.

SEU SEGREDO

Você não é quem diz ser, Celia Bourne. Você mentiu esse tempo todo sobre ser uma governanta.

Você é uma **espiã** que trabalha para o Serviço Secreto de Sua Majestade. Algumas semanas atrás, você foi abordada por um supervisor que lhe ofereceu uma bela quantia e um cargo permanente caso aceitasse investigar seu tio, Reginald Remy. O governo suspeitava que ele pudesse ter ligações com comunistas e envolvimento em atividades subversivas. Acreditavam que recentemente ele tinha pago uma grande quantia em dinheiro para Harris Pick, um minerador conhecido por ser um agitador comunista.

Sua missão era encontrar provas dessa transferência monetária.

Foi **VOCÊ** quem arrombou o cofre depois de sair da biblioteca e antes de Reginald retornar ao escritório às 17h15.

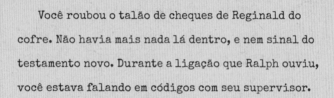

Você roubou o talão de cheques de Reginald do cofre. Não havia mais nada lá dentro, e nem sinal do testamento novo. Durante a ligação que Ralph ouviu, você estava falando em códigos com seu supervisor.

VOCÊ DEVE GUARDAR ESTE SEGREDO.

Caso alguém descubra que foi você quem arrombou o cofre, minta sobre o motivo. Diga que estava apenas procurando uma foto antiga da sua mãe e achava que seu tio a guardara no cofre. Você só pegou o talão de cheques porque queria ver quanto dinheiro Reginald dava aos outros familiares, pois você sempre se ressentiu disso.

Pip apoiou o livreto virado para baixo, evitando erguer a cabeça para ninguém conseguir decifrar o segredo em seu rosto, ou roubá-lo de sua mente através dos olhos. Ela sabia que era um receio idiota, mas ainda assim manteve o rosto abaixado.

Uma espiã. Pip pressentira que o segredo de Celia devia ser muito grande, mas uma espiã da Coroa? Aquela informação mudava tudo. E durante a ligação com o supervisor, Ralph a ouvira dizer a palavra *acabar*. E se ela tivesse recebido ordens para matar Reginald Remy caso encontrasse evidências de sua traição à pátria? E se ela fosse a assassina? Será que tinha feito aquilo? Seria Celia Bourne capaz de matar o tio?

Pip se concentrou na sala de jantar e nos amigos que tinham voltado a conversar entre si. Talvez já fosse seguro encará-los. Ninguém estava olhando para ela, mas Pip se sentia observada. Os pelos de sua nuca se arrepiaram.

— Posso dar uma olhada no meu celular rapidinho, Connor? — pediu Lauren. — Tom deve estar achando que resolvi ignorá-lo.

— Não — respondeu Cara, no lugar do amigo. — Tom sabe que você está no meio de uma brincadeira de investigação de assassinato. Dá para passar algumas horas sem falar com seu namorado. Você vai sobreviver. Quer dizer, a menos que tenha matado Reginald Remy. Nesse caso, é provável que você acabe na forca.

— Certo, todos já sabem seus segredos? — perguntou Jamie. — Ah, calma... Ant ainda não voltou.

Connor deu uma fungada e encarou a porta aberta da sala.

— Já faz um tempinho que ele saiu. Ant não bebeu a ponto de passar mal, né? Vou ver se ele está bem.

Connor saiu da sala de jantar, e o som de seus passos sumiu em meio à música. Mas o jazz não estava alto o bastante para encobrir o som do vento lá fora, uivando ao redor da casa e fazendo a porta do galpão bater.

Pip se voltou para as janelas, mas já estava um breu lá fora. Só conseguia ver o reflexo do grupo: Cara fazendo orelhas de coelho acima da cabeça de Pip e a chama das velas dançando. A garota fixou os olhos na própria imagem espelhada até notar o reflexo de Connor retornar.

— Não consegui encontrar o Ant — anunciou ele. — Chequei nos banheiros do andar de baixo e de cima. Ele não está aqui. Sumiu.

— Como assim? — perguntou Pip. — Ele tem que estar por aqui.

— Mas não está. Já olhei em tudo que é canto.

— Em tudo que é canto?

— Bem, não em todos os cômodos.

Jamie se levantou, assumindo o comando.

— Vamos lá, Con — disse ele. — Vamos procurar de novo.

Os irmãos deixaram a sala de jantar, e a voz de Jamie ecoou pela casa:

— Ant?! Onde você se meteu, seu idiota?

Cara se virou para Pip.

— O que está acontecendo? — perguntou a amiga, abandonando o sotaque de Dora.

— Não sei — respondeu Pip.

Eram duas palavras que ela odiava dizer.

— Ele não pode ter ido embora — argumentou Zach, mas nem ele parecia ter certeza.

— Ant?! — gritou Connor, o som abafado pelos tapetes e pelas paredes, mas havia urgência em sua voz. — Ant! ANT!

O nome soava cada vez mais alto conforme Connor voltava até o grupo, com Jamie logo atrás.

Houve um silêncio constrangedor e cheio de expectativa. Até a música parecia diferente, como se tivesse mudado de alguma forma. As notas ascendentes dos trompetes soavam ameaçadoras.

— Então, ééé… ele não está aqui — informou Jamie. — Procuramos em todos os cômodos.

— Ele foi embora? — perguntou Lauren, nervosa, brincando com seu colar. — Como ele saiu?

Pip se levantou. Ela não pretendia ir a lugar algum, só não conseguia mais ficar sentada. Pelo canto do olho, percebeu seu reflexo escuro se levantar também e a encarar de soslaio. Não era de se admirar que a garota se sentisse observada.

— Como ele pode ter saído? Nós teríamos ouvido a porta da frente — argumentou Cara, encarando Jamie.

Ele só conseguiu oferecer um dar de ombros em resposta.

— Connor, você precisa devolver nossos celulares para a gente ligar para o Ant — interveio Lauren.

— Como a gente vai ligar para ele se *o celular dele* também está aqui? — rebateu Connor com um tom mordaz.

Analisando o desenrolar da cena pelo vidro da janela, a mente de Pip foi tomada por uma ideia. Aquilo tudo… era uma performance. Um jogo. Não era real, assim como o reflexo daquelas pessoas usando roupas dos anos 1920.

— Jamie — chamou Pip —, por acaso isso é parte do jogo? O Ant desaparecer?

— Não, não é — respondeu ele, o rosto impassível.

— Tinha alguma instrução no livreto do Bobby? — perguntou ela, procurando o objeto com os olhos e o encontrando jogado no prato de Ant. — Será que dizia para ele se esconder? Bobby é a próxima vítima?

— Não — respondeu Jamie, sério, levantando as mãos sem o menor sinal de diversão no olhar. — Juro que não faz parte do jogo. Não era para isso acontecer. Sério mesmo.

Pip acreditou nele, percebendo a inquietação cada vez maior nas linhas de expressão do garoto.

— Onde ele pode ter se enfiado? Está escuro lá fora. — Pip gesticulou para a janela. — E ele não está com o celular. Tem alguma coisa errada.

— O que eu faço? — indagou Jamie, parecendo diminuir e perder seis anos até ficar com a mesma idade de Connor e seus amigos. — Eu não...

Mas Pip não ouviu o restante da frase.

O som de uma batida forte vinda da janela explodiu pela sala.

Havia alguém lá fora. Invisível. Batendo na janela. Sem parar. Cada vez mais rápido. Com tanta força que a vidraça tremia na moldura.

— Ai, meu Deus! — gritou Lauren, correndo até a parede oposta e deixando a própria cadeira cair no chão com um estrondo.

Pip não conseguia ver nada. Estava escuro demais lá fora e claro demais ali dentro. Só conseguia enxergar o reflexo do grupo de amigos, com os olhos arregalados de medo. Estavam encurralados na sala de jantar. E havia alguém lá fora que conseguia ver tudo.

Pip observou o reflexo de Cara estender a mão para segurar a sua antes de senti-la.

As batidas na janela se intensificaram, ficando mais barulhentas e mais rápidas. O coração de Pip batia cada vez mais forte para acompanhar, tentando escapar do peito. Eram rápidas demais. Talvez houvesse mais de uma pessoa lá fora.

Então, de repente, as batidas cessaram. O vidro parou de tremer. Mas Pip ainda conseguia senti-las dentro de seu corpo, na base do pescoço.

— O quê...? — começou a dizer Connor, a voz estremecendo.

Então o jardim se encheu de luz. O brilho atravessou a janela, e Pip cobriu os olhos para protegê-los do clarão.

oito

— Mas que...?

Pip piscou várias vezes até seus olhos conseguirem focar na luz vinda do jardim e na silhueta iluminada por ela.

A garota piscou de novo, e a forma ganhou braços e pernas. Havia uma pessoa parada em frente à janela.

Era Ant.

Com um olhar encabulado e o bigode torto e estúpido, procurando por cima do ombro a luz com sensor de movimento que ele devia ter acionado.

— Porra — soltou Jamie, parecendo muito irritado.

Ele bateu o livreto na mesa com um estrondo e se virou para o irmão.

Connor suspirou.

— Desculpa. Ele sempre faz isso, fica zoando a gente.

— Bem, será que ele pode fazer isso sem desperdiçar o tempo dos outros? — reclamou Jamie. — Agora talvez não dê para terminar o jogo antes de todo mundo ir embora.

— Foi mal, Jamie. Desculpa, eu sei que você se esforçou muito para a gente se divertir hoje à noite — disse Connor, então se virou para a janela e gritou: — Ant, volta para dentro! Seu babaca — acrescentou baixinho.

Ant se afastou da janela e foi em direção à porta da cozinha, por onde devia ter saído.

— Teve zerooooo graça — criticou Lauren, endireitando a cadeira e se sentando de novo.

— Oi, gente — disse Ant sem fôlego ao voltar à sala de jantar. — Ai, minha nossa, foi hilário. A cara de vocês! Lauren, parecia que você ia se cagar toda.

— Vai se foder! — exclamou ela, mas já abrindo um sorriso. Muito convincente.

— E, Pip... — continuou Ant, virando-se para ela. — Você ficava olhando, tipo, bem na minha direção. Achei até que você conseguisse me ver.

— Hmm. — Foi a única resposta dela, enquanto dava uma bronca no próprio coração, tentando forçá-lo a se acalmar.

— Hã... — começou Zach. — Bem, pelo menos era só uma brincadeira e o Ant não foi brutalmente assassinado por um intruso.

Zach era sempre o pacificador. Mas Pip não sabia se concordava com aquele ponto positivo.

— Enfim — retomou Jamie, falando mais alto —, precisamos avançar com o jogo ou nunca vamos conseguir desmascarar o assassino. Se Bobby Remy já parou com as gracinhas, vamos continuar.

Ele abriu o livreto do apresentador e o examinou.

— Certo. Então, agora que cada um já descobriu seu maior segredo, que deve ser protegido a qualquer custo, é hora de revelar outros segredos que vocês talvez saibam sobre os demais suspeitos. Por favor, sentem-se e passem para a próxima página do livreto.

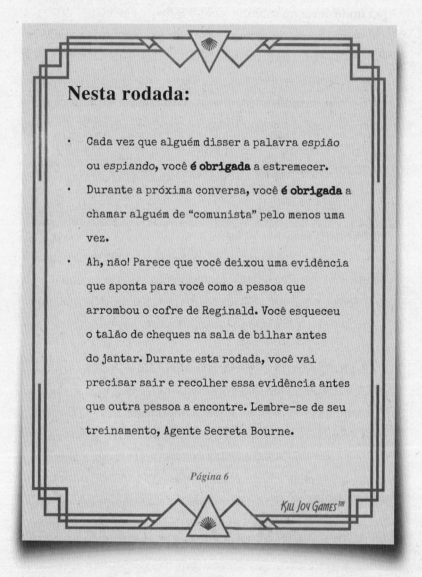

Nesta rodada:

- Cada vez que alguém disser a palavra *espião* ou *espiando*, você **é obrigada** a estremecer.
- Durante a próxima conversa, você **é obrigada** a chamar alguém de "comunista" pelo menos uma vez.
- Ah, não! Parece que você deixou uma evidência que aponta para você como a pessoa que arrombou o cofre de Reginald. Você esqueceu o talão de cheques na sala de bilhar antes do jantar. Durante esta rodada, você vai precisar sair e recolher essa evidência antes que outra pessoa a encontre. Lembre-se de seu treinamento, Agente Secreta Bourne.

Página 6

Kill Joy Games™

O quê? Pip releu o último tópico. Por que ela deixaria uma evidência largada pela mansão? Que tipo de espiã era Celia Bourne? Pip nunca seria tão idiota. E agora ela tinha que sair e consertar a burrada de Celia antes que fosse pega.

A sala de bilhar era a despensa no corredor. Mas como Pip sairia da sala de jantar sem levantar suspeitas? Ainda mais depois da cena que Ant acabara de provocar.

— Bem — disse Connor como Humphrey, o mordomo —, se chegou o momento de revelar segredos, acredito que eu saiba um bastante escandaloso.

— Desembucha, meu velho Hump — incentivou Cara.

— Não quero ser indelicado. — Connor abaixou a cabeça. — E garanto que não estava espiando.

Pip nem precisou fingir. Ela se encolheu, surpresa por a palavra ter aparecido tão cedo. Seu punho esbarrou no copo, mas a garota o pegou antes que caísse, o que chamou a atenção de Connor.

— Desculpa — sussurrou ela.

— Foi ontem, no final da tarde. Enquanto eu andava pela casa, cumprindo minhas tarefas, ouvi... De um dos quartos do andar de cima, ouvi um homem e uma mulher, hã... Bem... Acredito que ouvi eles tendo uma *relação*.

Ant bufou.

— Bem, temos um casal hospedado aqui: Ralph e Lizzie — comentou Pip, gesticulando para Zach e Lauren do outro lado da mesa.

— É verdade, muito bem observado, senhorita — concordou Connor, curvando-se outra vez. — Contudo, eu estava indo em direção ao saguão quando ouvi a... *relação*... e o senhor Ralph se encontrava no saguão, jogando xadrez com o pai dele.

Cara soltou mais um gritinho de espanto, apontando para Lauren.

— Por que você está apontando para mim? — reagiu Lauren, parecendo horrorizada. — Pode ter sido qualquer uma de nós.

— Duvido que tenha sido eu, já que sou uma humilde cozinheira de cem anos de idade — respondeu Cara.

— Bem, pode ter sido Pip... quer dizer, Celia.

— Hmm, não pode, não — pensou Pip em voz alta. — Se o mordomo Humphrey, Ralph Remy e Reginald Remy estavam no andar de baixo naquela hora, só pode ter sido um homem: Bobby.

Todos se viraram para Ant, que tentou fazer uma cara de sério, acariciando o bigode, pensativo.

— Então podem ter sido Pip e Ant! — sugeriu Lauren, mais alto que o necessário.

— Bobby Remy é meu primo — lembrou Pip.

— B-bem, e d-daí? — gaguejou Lauren. — Tem gente que comete incesto.

— Acho que você está protestando demais, minha cara Lizzie — retrucou Pip, apertando o botão da caneta de um jeito que torcia para que fosse irritante. — Já ficou bem evidente quem eram as pessoas tendo essa *relação*. Muito bom saber que você é tão próxima do seu cunhado. Ah... — Ela se virou para Zach. — Sinto muito, Ralph. Deve ser difícil para você ouvir isso.

Zach sorriu e falou:

— Estou arrasado.

— Bem, eu nego veementemente — rebateu Lauren, parecendo envergonhada e arrastando sua cadeira para longe de Ant.

A arte imitando a vida, pensou Pip.

— O mordomo deve ter se enganado — continuou Lauren. — Ele é *velho*, a audição dele não é lá muito confiável. E por que estamos nos voltando uns contra os outros? Isso é ridículo.

— Então tá, sua *comunista* — retrucou Pip.

A palavra não se encaixava direito naquele contexto, mas de que outra forma Pip a usaria?

— Quer saber? Beleza — vociferou Lauren, cruzando os braços. —Vai se foder, mordomo...

— Meu nome é *Humphrey* — interrompeu Connor, batendo em seu crachá.

— Tanto faz seu nome — devolveu Lauren. — Porque eu sei que você também guarda segredos. Vi você tirando um papel do bolso e o encarando duas vezes neste fim de semana. Até peguei você chorando uma vez. Que bilhete secreto é esse que você carrega por aí, hein?

— Não sei a que bilhete a senhora está se referindo, madame — respondeu Connor.

—Ah, vocês estão falando *deste* bilhete? — interveio Jamie, de pé atrás da cadeira do irmão.

Ele se inclinou sobre Connor e enfiou a mão dentro do paletó do garoto, tirando um papel dobrado do bolso interno.

— Jamie, que isso?! — exclamou Connor, olhando radiante e incrédulo para o irmão. — Quando foi que você colocou isso aqui dentro?

Jamie sorriu, empunhando o bilhete dobrado.

— Eu tenho minhas maneiras.

Pip conseguia ver *Pista #3* escrito no verso.

— Ora, ora, ora... — murmurou Jamie, abrindo o bilhete. — Graças aos olhos afiados de Lizzie — comentou ele, então fingiu ler. — Interessante. Aqui, passe para os outros.

Jamie entregou o bilhete primeiro para Pip. Connor se inclinou para ler por cima do ombro dela.

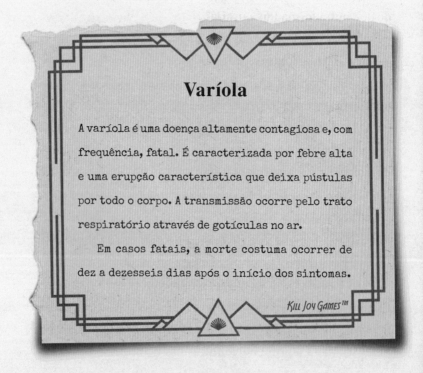

Varíola

A varíola é uma doença altamente contagiosa e, com frequência, fatal. É caracterizada por febre alta e uma erupção característica que deixa pústulas por todo o corpo. A transmissão ocorre pelo trato respiratório através de gotículas no ar.

Em casos fatais, a morte costuma ocorrer de dez a dezesseis dias após o início dos sintomas.

Kill Joy Games™

— Estranho — comentou Jamie enquanto Pip entregava a pista a Cara. — Parece ser uma página arrancada de um dos livros de medicina da biblioteca de Reginald.

— *Varíola* — leu Zach em voz alta ao receber o papel.

— Foi erradicada na década de 1980 — informou Pip.

— Ei, sem viagem no tempo! — repreendeu Jamie, batendo na cabeça dela com o livreto do apresentador.

— Por que você anda com isso no bolso? — perguntou Lauren para Connor quando a folha chegou em suas mãos. — E por que fica olhando para esse papel?

— Não tem um motivo específico — respondeu Connor. As bochechas normalmente rosadas começaram a corar em um tom mais escuro. — O assunto me interessa, só isso. Às vezes, gosto de ler para passar o tempo, apesar de o patrão não aprovar esse hábito. Ele dizia que era "ócio". Por isso que eu escondo.

— Esse motivo está suspeito demais para o meu gosto — opinou Cara.

Connor chegou a abrir a boca, mas então se forçou a ficar quieto e deu de ombros. Era óbvio que não tinha mais nada a dizer sobre o assunto. Talvez fosse um bom momento para Pip tentar ir até a sala de bilhar para esconder a evidência incriminatória. Ela largou a caneta e estava prestes a falar quando Ant a interrompeu. Droga, ela tinha perdido a oportunidade.

— Quer saber… — começou ele como Bobby, um dedo em riste. — Passei o fim de semana inteiro pensando numa coisa, e agora, sentado de frente para você, tenho quase certeza. — Ele se virou para Cara. — Conheço você de algum lugar, Dora Key. Essa não é a primeira vez que nos encontramos.

— Ah, não me diga que nós também transamos — brincou Cara, fingindo vasculhar o livreto em busca de uma frase que confirmasse sua suspeita.

— Não, mas eu já vi você em algum lugar... em algum lugar.

Ele fingiu se esforçar para lembrar, passando os dedos pela lateral do bigode de forma caricata. E então sua expressão mudou, como se tivesse recordado a informação num estalo.

— Ah, se lembrou, é? — provocou Cara. — Também me lembro de você, de *algum lugar*. Foi muito tolo da sua parte trazer isso à tona, Bobby. Nenhum de nós vai sair bem dessa.

— Eu sei — admitiu Ant. — Mas meu livreto me mandou dizer isso.

— Ah, que droga. E se a gente mantivesse esse segredo que vai manchar nossa reputação só entre nós?

— Não, isso não é permitido — interveio Jamie, com uma risadinha. — Desembucha. Agora.

— Está bem — cedeu Ant, erguendo as mãos. — Eu conheço você do Cassino Garza, em Londres. Nos vimos lá algumas vezes, você estava andando com a família Garza. Sei que é você. Reconheci por causa das, hã... das rugas pintadas de um jeito tão marcante no seu rosto.

— Ah, muito obrigada. São meu melhor atributo — retrucou Cara.

— Espera — disse Lauren. — Por que uma cozinheira humilde estaria em um cassino sofisticado?

Uma boa pergunta, para variar. Pip e sua caneta aguardavam a resposta.

— Quanto preconceito! — exclamou Cara. — Pessoas pobres também gostam de apostar. E isso foi antes de eu ser contratada por Reginald Remy e me mudar para a ilha, então não sei por que seria da conta de vocês. E por que estão focados só em mim? Bobby também estava lá. E, além disso... — Cara se inclinou para a frente —... eu o vi lá várias vezes, andando com uma gangue conhecida, e uma vez ele estava até vendendo pacotinhos de pó branco para os frequentadores do cassino.

— Isso me parece ser cocaína — comentou Jamie, batendo em seu capacete de policial.

— Espera. — Zach entrou na conversa, virando-se para Ant. — Bobby, você andou frequentando o Cassino Garza, nossos rivais? Nossos *inimigos*?

— Bem, não é como se eu pudesse entrar em um Cassino Remy, né? Fui banido para sempre.

— Então você voltou a jogar? — insistiu Zach, parecendo traído de verdade. — Não parou de apostar anos atrás, quando prometeu para nosso pai e para todos nós que nunca mais faria isso?

— Culpado — disse Ant, levando a mão ao peito sobre o paletó risca de giz.

— Nosso pai garantiu que tiraria você do testamento se voltasse a apostar. Ele descobriu isso?

— Não.

— E nossa mãe? Ela era amiga da esposa do sr. Garza. Talvez a sra. Garza tenha contado para ela.

— Não — repetiu Ant.

Zach franziu o cenho, uma sombra recaindo sobre seus olhos. Ralph não acreditava no irmão, Pip conseguia ver isso em sua expressão.

— E, além disso, você andava traficando cocaína? — questionou Pip, se concentrando em Ant.

— Você vai levar a sério as palavras de uma cozinheira? Qual é, prima, sei que todo mundo adora odiar o Bobby, mas é óbvio que Dora está tentando evitar revelar por que frequentava o cassino. O que por si só já é muito suspeito.

Bem, ele não estava errado.

Por que será que Dora Key tinha sido vista em um cassino sofisticado, andando com os maiores rivais da empresa dos Remy?

Houve uma calmaria, uma pausa natural no confronto. Se Pip não saísse da sala naquele momento, talvez não tivesse outra chance.

— Ei, podemos parar por um segundo? — perguntou ela, fechando o caderninho para que ninguém espiasse suas teorias, que se multiplicavam. — Tenho que fazer xixi.

Jamie assentiu e falou:

— Claro, vai lá.

— Aonde você vai? — questionou Cara, levantando-se também.

— Acabei de dizer — respondeu Pip, se virando na soleira da porta. — Vou fazer xixi. E não vou fingir que sumi igual ao Ant, não se preocupe.

— Posso ir com você? — insistiu Cara, avançando na direção da amiga.

O coração de Pip disparou no peito. Cara estragaria tudo. Pip *tinha* que pegar a evidência agora.

— Não. Só vou ao banheiro, sua esquisita — respondeu Pip, sentindo a palma das mãos começarem a suar.

Estava torcendo para que aquilo bastasse para manter Cara na sala de jantar. Odiava mentir, ainda mais para sua melhor amiga, que era como uma irmã.

Mas funcionou. Cara cedeu, e Pip saiu do cômodo, sozinha, pelo corredor. Ela abriu a porta do banheiro do andar de baixo e a fechou com um estrondo, assim os amigos o ouviriam mesmo com a música. Mas Pip não entrou lá. Continuou andando pelo corredor, os passos silenciosos sobre o carpete.

Parou em frente à despensa e à plaquinha que balançava devagar na porta, indicando a *Sala de bilhar*.

Pip estendeu a mão para a maçaneta, notando a tremedeira nos dedos. Por que estava nervosa? Era só um jogo, nada daquilo era real. Mas parecia ser, e ela se sentia diferente, de alguma forma. Mais viva, mais atenta, e sua pele estava elétrica. Ela abriu a porta da despensa e, no chão, diante de uma sapateira, havia algo que não estava lá antes: um papel escrito *Pista #4*.

Ela se abaixou e estendeu a mão para pegar a pista.

Mas não conseguiu.

Seus dedos tinham acabado de roçar no papel quando alguém a puxou para trás.

Mãos invisíveis em seus ombros. Dedos cravados em sua pele a puxaram para longe.

Pip se desequilibrou e caiu de costas no chão. Por fim, conseguiu ver quem a agarrara.

— Cara, o que você pensa que está fazendo? — perguntou Pip, sentando-se depressa.

Mas era tarde demais.

Cara havia colocado a cabeça para dentro da despensa e pegado o papel. Ela se virou com a pista em mãos e um sorriso largo no rosto.

— Eu *sabia* que você estava escapulindo para fazer algo assim, sua danadinha — acusou ela, cutucando as costelas de Pip com a mão livre.

— Como?

— Bem... na verdade, meu livreto me avisou — confessou Cara. — Estava escrito que você ia sair da sala e que eu tinha que ir atrás e encontrar uma *evidência* antes que você a destruísse.

— Aff.

Pip se levantou do chão, desenroscando o boá de plumas dos braços.

Maldito jogo, passando a perna nela.

— Bem, pelo menos agora eu sei que você não queria me ver fazendo xixi.

— Não é minha praia. Toma aqui.

Cara ofereceu a pista de volta para a amiga.

Pip estendeu a mão, mas, quando estava prestes a alcançar o papel, Cara afastou a pista outra vez e a escondeu às costas, fora do alcance de Pip.

— Ha-ha, até parece — disse ela, soltando uma risadinha e indo em direção à sala de jantar.

Pip se vingou, cutucando a amiga na axila.

— Ai, isso é meu peito! — reclamou Cara, empurrando Pip em direção à parede com o bumbum.

— O que está acontecendo aí fora? — perguntou Ant. — São duas garotas brigando?

Cara se desvencilhou de Pip e correu de volta para a sala de jantar, segurando a pista acima da cabeça.

— Pi... Desculpa. Celia estava tentando esconder isso! — anunciou Cara para todo mundo.

— Só porque o jogo mandou — disse Pip, na defensiva, entrando na sala atrás da amiga.

Ela se sentou e cruzou os braços.

— Ah, então quer dizer que você não é uma boa garota, hein? — provocou Ant.

— O que diz a pista, Dora? — perguntou Jamie. — Abra e passe para todo mundo.

Data: 22/07/1924	CHEQUE	
Para Harris Pick: o pagamento de uma dívida antiga	SEU NOME	£
	ORDEM DE PAGAMENTO PARA	
		LIBRAS
	ASSINATURA AUTORIZADA	DATA
£ 150.000	324297797423 436346	

— O que é? — perguntou Zach.

— É um talão de cheques de Reginald Remy — explicou Cara. — E o canhoto mais recente mostra um pagamento para alguém chamado Harris Pick. O velho Reggie pagou cento e cinquenta mil libras para ele no fim de julho.

Ant assobiou, impressionado com o valor.

— Espera aí — interveio Zach, a voz mantendo um tom anormalmente estável enquanto ele lia a fala escrita no livreto. — Eu conheço esse nome. Ele e meu pai serviram juntos na Primeira Guerra dos Bôeres. Meu pai sempre contava que Harris tinha salvado a vida dele.

Aquele também era o nome do agitador comunista que o governo suspeitava estar sendo financiado por Reginald Remy. E ali estava a prova de Celia: cento e cinquenta mil libras. Era *muito* dinheiro, deviam ser milhões na cotação atual.

— Pois então… — começou Cara, lançando um olhar mordaz para Pip, mas acompanhado por um sorriso maldisfarçado. — Eu vi Celia saindo do escritório de Reginald por volta das cinco da tarde, segurando esse talão de cheques. Foi *ela* quem arrombou o cofre e roubou isso!

— Celia? — questionou Zach, com uma expressão bastante perturbada.

Pip suspirou.

— Está bem, eu admito. Fui eu. Arrombei o cofre. Mas não é o que parece. Eu só estava procurando uma foto da minha mãe que Reginald tinha. Não vi a foto em lugar nenhum da mansão, então achei que ele pudesse ter guardado no cofre. Só queria ver se eu me pareço com ela hoje em dia.

— Ah, que desculpa esfarrapada, Celia Bourne — retrucou Ant. — Se foi por isso mesmo, por que você roubou o talão de cheques?

— Quando abri o cofre, só tinha isso dentro — respondeu Pip, apontando para o papel nas mãos de Cara. — E eu quis saber quanto dinheiro meu tio dava para os filhos e para a nora. — Pip lançou um olhar afiado para Lauren. — Sempre guardei rancor disso. Eu era órfã e ele podia ter me ajudado, mas nunca se importou comigo.

— Interessante — interveio Jamie, interpretando o detetive. — Então, Celia, agora podemos declarar que você esteve na cena do crime apenas quinze minutos antes do assassinato.

A coisa não estava boa para o lado dela.

— É verdade, mas Dora acabou de dizer que me viu saindo do escritório às cinco, ou seja, eu saí da cena do crime antes da hora do assassinato — protestou Pip. — E por que *ela* estava lá? Você fez todo um fuzuê dizendo que tinha ido até a horta naquele horário. Então, também deve ter mentido.

— Pois é, obrigado! — exclamou Zach, dando um tapa entusiasmado na mesa. — Dora, você nem estava na horta para *não me ver* fazendo minha caminhada pela ilha e questionar meu álibi.

— E por que você estava indo na direção do escritório de Reginald? — indagou Pip, se virando para Cara.

— Sabem do que mais, eu já tinha falado isso para Ralph e vou repetir — comentou Lauren. — Eu não gosto dessa cozinheira, ela sempre aparece em lugares onde não devia estar. É como se estivesse espiando a gente.

Pip não percebeu a palavra de imediato e se encolheu com meio segundo de atraso. Quando ergueu o rosto de novo, ela se deparou o olhar de Connor. Ele a observava.

— Você parece inquieta, Celia — comentou o amigo.

— Certo — interrompeu Jamie, batendo palmas. — Estamos nos aproximando da verdade. Em breve descobriremos qual de vocês matou Reginald. Mas, antes disso, acho que o assassino precisa admitir para si mesmo o que fez. Então, embaixo de seus pratos... calma, Connor, deixa eu terminar de explicar... está um envelope com o nome de vocês. Dentro do envelope, há um papel que vai informar se vocês cometeram ou não o assassinato. Mas... — Jamie levantou um dedo para enfatizar o que estava prestes a dizer —... vocês têm que fazer cara de paisagem. Mantenham uma expressão facial neutra, quer sejam o assassino, quer não.

O detetive lançou um olhar sério para cada um deles para ter certeza de que entenderam, demorando-se em Ant.

— Está bem, podem pegar — permitiu Jamie.

Pip deslizou seu prato para a frente, com uma fatia de pizza intocada na qual Connor estava de olho. E escondido ali embaixo esse tempo todo, encontrava-se um pequeno envelope com o nome *Celia Bourne*.

Pip olhou para os amigos, já rasgando seus próprios envelopes, e pegou o de Celia.

Então hesitou. Ela afastou os dedos do papel, fechando o punho.

E se Celia *fosse* a assassina? Um frio tomou conta de sua barriga. Ela esteve na cena do crime apenas quinze minutos antes do intervalo de tempo estipulado para a hora da morte. E se ela tivesse visto o canhoto do cheque para Harris Pick (evidência da traição à pátria de Reginald) e, seguindo as ordens de seu supervisor, voltado ao escritório para *acabar* com seu tio? Com uma facada no coração. Ela nunca havia se sentido acolhida pela família Remy. Talvez sua raiva tivesse emergido, ou talvez apenas seu treinamento. De qualquer forma, um homem tinha morrido, e ela podia ser a assassina. A resposta estava bem ali.

Pip pegou o envelope, levantou a aba e tirou um papel dobrado de seu interior. Ela o segurou perto de si e o abriu, sentindo o coração na garganta ao ler as palavras impressas.

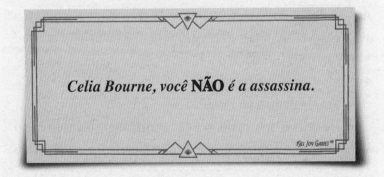

Ela releu a frase, só para ter certeza, a voz em sua mente pronunciando cada sílaba devagar. Ela não era a assassina, ainda bem. Celia não tinha matado o tio. Era inocente.

Pip observou os amigos disfarçarem as reações e expressões a fim de esconder seus segredos. Connor mexia as sobrancelhas de forma esquisita, arqueando uma, depois a outra, então baixando uma, depois a outra. Lauren estava dando risadinhas, olhando de um lado para o outro. Ant encarava o teto. Os olhos de Cara estavam tão comicamente arregalados enquanto ela encarava os amigos que, com as rugas pintadas em seu rosto, parecia que as órbitas haviam estourado. Zach permanecia em silêncio, se esforçando para manter a expressão neutra.

Se ela não era a responsável, então outra pessoa naquela mesa tinha cometido o crime. Um de seus cinco amigos. Quem poderia ser? Todos tiveram oportunidade e meios. E Pip contava com sete páginas de anotações sobre eles, com possíveis motivos para terem matado Reginald Remy. Todos pareciam culpados aos seus olhos, mas só um podia ser o assassino.

— Atuações fantásticas — comentou Jamie, examinando cada um deles. — Certo, então agora que o assassino sabe que cometeu o crime, chegou a hora de a gente encontrar *a pista final* — cantarolou Jamie, no ritmo da música *The Final Countdown*.

Connor fez o instrumental da música, cantando um *tã-nã--nã-nãããã* desafinado.

— Parece que esta noite um de vocês tentou enganar o velho detetive Howard Whey — informou Jamie, apontando o polegar para o peito. — Alguém tentou se livrar de uma evidência incriminadora em um lugar que nenhum de nós pensaria em olhar. Esconderam-na em meio ao lixo deste jantar.

— Hein?! — exclamou Connor, confuso, arqueando uma sobrancelha de novo ao encarar o irmão.

Pip acompanhou o olhar de Jamie até o centro da mesa. As chamas das três velas vermelhas tremeluziam, e lá estava a pilha crescente de pistas, além de algumas garrafas vazias de vinho tinto e das cervejas que Connor havia bebido. Os pratos se encontravam vazios, exceto o de Pip, que tinha se concentrado demais na investigação para comer. Ao que Jamie estava se referindo? O que havia mudado ali?

Foi então que a ficha caiu. O que estivera no meio da mesa antes e já não estava mais.

— As caixas de pizza! — exclamou Pip, se levantando.

Jamie deu de ombros, mas um sorriso brincalhão se espalhou por seus lábios.

— Onde estão? Na lixeira? — perguntou Connor.

Jamie não respondeu nada.

— Vamos lá — disse Connor para os outros, correndo até a cozinha, com Pip em seu encalço, o caderninho em mãos.

As caixas da Domino's estavam empilhadas num canto, ao lado da lixeira. Connor se pôs de joelhos, fingindo desconforto por causa da idade avançada de Humphrey Todd, e começou a pegá-las. O mordomo abria as tampas de papelão enquanto os demais se esgueiravam atrás dele.

— Ahá! — exclamou ele, segurando um papel um pouco sujo de molho de alho e gordura de pizza.

No verso, Pip leu as palavras *Pista final*.

— Viram como nada passa despercebido pelo detetive Howard Whey? — anunciou Jamie, triunfante. — Por favor, compartilhe o bilhete com o grupo, Humphrey.

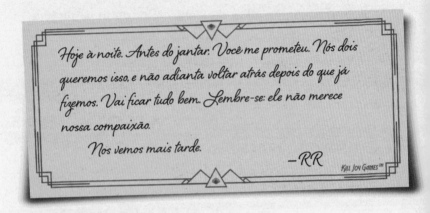

— Aaah, que sujeira. Literalmente — disse Connor, limpando a gordura da pizza de seus dedos.

— RR — observou Lauren. — Bem, deve ter sido um de vocês dois.

Ela se virou para os irmãos Remy.

— E hoje mais cedo Bobby assinou outro bilhete como RR, Robert Remy — lembrou Pip, mas havia outra coisa em sua mente, um pensamento incompleto que ela não conseguia entender.

O que era? Que parte do bilhete a incomodava?

— Parece o tipo de recado que alguém mandaria para a cunhada com quem está trepando pelas costas do irmão

— provocou Cara. — Vocês dois planejavam ter mais *relações* esta noite? — perguntou para Lauren e Ant.

Pip considerou a hipótese por um momento. Fazia sentido, mas seus instintos diziam que não era bem isso.

— Ou será que significa que duas pessoas planejaram o assassinato juntas? Dois assassinos! — sugeriu Connor, parecendo entusiasmado.

Pip considerou aquela hipótese também. Fazia sentido no contexto do bilhete. Sua mente zunia.

— Como sou um detetive genial, posso confirmar que apenas um de vocês cometeu o assassinato. E, agora — prosseguiu Jamie, batendo palmas com um estrondo —, finalmente chegou a hora de desmascarar o assassino de Reginald. De revelar toda a verdade, e nada além da verdade. Por favor, retornem aos seus lugares na sala de jantar.

Jamie gesticulou para que atravessassem o corredor.

Os amigos saíram da cozinha discutindo o assassinato em frases rápidas e emocionantes, trocando teorias. Mas Pip permanecia em silêncio, focada em seus pensamentos. Repassando o caso do início ao fim, como achava que Celia Bourne teria feito. Dissecando cada pista, analisando-as sob diferentes perspectivas.

Os seis se sentaram à mesa mais uma vez. Pip folheou de maneira frenética as páginas de seu caderno, onde sua caligrafia ficava cada vez mais errática. Tantos suspeitos, tantos motivos para desejarem a morte de Reginald Remy. Mas quem o assassinara? Quem, dentre eles, o havia matado? Todos os sinais pareciam apontar para Robert "Bobby" Remy. Desde o início, várias pistas colocaram Bobby em foco. Talvez até pistas demais. Algo não parecia certo. Pip estava deixando alguma coisa passar.

Ela começou a escrever uma lista com os nomes dos personagens para poder riscá-los um por um. Foi então que o mundo ficou preto, como se tivesse sido roubado de seus olhos.

O ambiente foi engolido pela escuridão quando as luzes se apagaram. A música cessou, deixando um silêncio enervante em seu rastro.

Mas o silêncio só durou um instante, até ser interrompido por um grito.

dez

— Lauren, para de gritar — disse a voz de Connor, em pânico, à direita de Pip.

Os olhos dela se reajustaram até ficarem à vontade na escuridão. Ela não estava totalmente sem enxergar, as três velas à sua frente emitiam uma luz alaranjada, fraca e bruxuleante. Pip mal conseguia distinguir a silhueta dos amigos das outras sombras.

Uma nova silhueta se juntou a eles, parada na porta. A cabeça era comprida demais e distorcida.

— O que vocês fizeram? — perguntou a nova sombra, com a voz de Jamie.

— A gente não fez nada — defendeu-se Connor.

— Ai, droga, deve ter acabado a luz — disse Jamie, mudando o peso de um pé para o outro, se agitando no escuro.

— Não acabou, não — observou Pip. Sua voz soava estranha para si mesma, cortando o silêncio anormal. — Olha lá fora.

Ela apontou para a janela, se esquecendo de que era apenas um vulto indistinto em meio à escuridão.

— Dá para ver a luz acesa na casa dos vizinhos — continuou a garota. — Eles ainda estão com energia. O disjuntor deve ter desarmado.

— Ah — disse Jamie. — Vocês colocaram alguma coisa na tomada?

— Não — respondeu a voz de Connor outra vez. — A gente só ficou sentado aqui. A Alexa estava ligada.

— Tudo bem, a gente só precisa rearmar o disjuntor — explicou Pip, levantando-se com dificuldade no escuro. — Você sabe onde fica? É no jardim?

— Não, acho que é no porão — respondeu Jamie. — Sei lá. Nunca vou lá embaixo.

— Porque é assustador pra caramba — acrescentou Connor, piorando a situação.

— Vocês já armaram o disjuntor alguma vez? — perguntou Pip.

O silêncio dos irmãos Reynolds foi resposta o suficiente. Ninguém mais se pronunciou.

— Está bem — cedeu Pip, suspirando. — Eu vou.

Se o pai de Pip estivesse ali, ele estaria balançando a cabeça com vigor. Afinal, disjuntores foram uma das primeiras *Lições de vida* oferecidas por ele. Pip provavelmente não precisava ter aprendido a armar um disjuntor aos nove anos, porém "uma lição de vida é para a vida toda", como seu pai sempre dizia. Era melhor nem deixá-lo começar o falatório sobre verificar o óleo do carro.

— Você não vai precisar de uma lanterna? — indagou Connor.

— Ah, Connor — disse Lauren, quase invisível do outro lado da mesa —, você devia devolver nossos celulares para a gente usar a lanterna deles.

— Beleza, então — concordou Connor em meio ao barulho da cadeira aranhando o chão enquanto ele se levantava. — Não é autêntico com 1924, mas paciência.

Passos abafados soaram, e então um novo barulho: as mãos dele tateando o aquecedor, o metal tinindo mais alto do que o normal.

— Droga — sibilou ele. — Não estou achando a chave. Sei que eu deixei por aqui.

— Porra, Connor! — reclamou Lauren. — Preciso do meu celular.

— Tudo bem, tudo bem — interveio Pip, tentando acalmar a todos.

Ela se inclinou sobre a mesa e pegou um dos castiçais, a chama da vela dançando conforme sua respiração.

— Isso serve, dá para enxergar o suficiente — concluiu Pip. — Depois que a luz voltar, a gente acha a chave.

Pip usou a chama trêmula da vela para desviar de Jamie na porta.

— Precisa de ajuda? — perguntou ele.

— Não, tudo bem, eu me viro.

Pip sabia que ele estava ansioso para terminar o jogo antes de alguém ir embora, mas aquele era um trabalho para uma pessoa só. Pip havia aprendido que, na maior parte do tempo, as outras pessoas só atrapalhavam. Por isso que detestava trabalhos em grupo.

—Vai ser rapidinho — acrescentou ela. — Relaxa.

Pip nunca tinha descido ao porão dos Reynolds, mas só havia uma porta que podia levar até lá. Não tinha placa e não desempenhava nenhum papel no faz de conta da Mansão Remy. A porta embaixo da escada. Ela abaixou a vela para encontrar a maçaneta e agarrou o metal frio, sentindo a pele da mão arder.

—Acho que fica no canto esquerdo lá no fundo — avisou a silhueta de Jamie.

—Beleza — disse Pip, abrindo a porta com um rangido.

Mas é óbvio que aquela porcaria ia ranger. O som ecoou pelo corredor escuro, aumentando os nervos dela. *Se controle, Pip. É só uma porta velha e pouco usada.*

Diante da garota, havia um cômodo tão sombrio que seus olhos deram vida à escuridão. As sombras avançaram para além da soleira, rastejando para envolver Pip e transformá- -la em parte daquele mundo. Pip as mantinha afastadas apenas com a pequena chama da vela que segurava. Ela sabia que devia haver uma escada ali, então tateou o primeiro degrau com o sapato antes de descer. Seus pés sumiram na escuridão.

O ar estava parado e mais frio ali embaixo, e o porão parecia se tornar mais escuro a cada passo. A vela estava perdendo a batalha.

O quarto degrau rangeu. Como era de se esperar.

O coração de Pip disparou com o barulho, embora sua mente lhe repreendesse. Tanta conversa sobre assassinato devia tê-la deixado apreensiva.

No sexto degrau, alguma coisa roçou em seu braço. Algo delicado que formigava em sua pele, como o movimento suave de dedos. Pip bateu a mão para espantar seja lá o que fosse. Era uma teia de aranha, que se agarrou nela, grudando em sua mão. Pip esfregou o braço no vestido e seguiu em frente.

Ela trocou o apoio de um pé para o outro, pronta para descer mais um degrau, mas não o encontrou. Só havia chão adiante. Havia chegado ao porão, e um arrepio passou por sua nuca. Pip se virou para confirmar se o caminho de volta ainda existia: a silhueta mais clara da porta do corredor continuava lá em cima. Ela jurou por Deus que, se alguém achasse engraçado trancá--la lá dentro, aconteceria mesmo um assassinato naquela noite.

Houve um farfalhar às costas dela.

Pip se virou, fazendo a chama da vela se esticar para acompanhá-la.

Não dava para ver nada, exceto... É, ela conseguia vê-lo. Ali no canto, a poucos metros de distância, estava o quadro de disjuntores. A garota andou até lá, erguendo a vela para conseguir enxergar melhor o quadro. Todos os interruptores estavam desligados, inclusive o vermelho da ponta, que era o principal.

Seus dedos hesitaram no ar. Pip ouviu um sussurro na escuridão à sua direita. Será que ela tinha mesmo ouvido alguma coisa? Não dava para ter certeza, os batimentos de seu coração soavam alto demais.

Pip ergueu a vela bem alto para iluminar o máximo possível do cômodo subterrâneo.

Foi então que ela avistou o homem.

Parado no outro canto do porão, a sombra da cabeça inclinada como se ele a observasse, curioso.

— Q-quem tá aí? — perguntou Pip, com a voz trêmula.

Ele não respondeu. Foi o vento que se manifestou, uivando pelas rachaduras ocultas acima de Pip.

Os dedos dela tremeram, a chama estremecendo também, e o homem avançou na direção de Pip.

— Não!

Pip se virou para o quadro. Precisava acender as luzes, e precisava acendê-las naquele instante. Só tinha alguns segundos antes de...

Ela se concentrou, segurando a vela com força, com a respiração acelerada, inspirando e expirando... Ah, não. Uma escuridão absoluta envolveu a garota. Pip tinha apagado a vela. *Ai, que merda. Ai, que porcaria. Essa não.*

Sem enxergar nada, ela mexeu nos disjuntores, apertando interruptores invisíveis com o polegar. Para cima, para cima, para cima, para cima. Seus dedos encontraram a forma mais larga do interruptor principal, e Pip o empurrou.

As luzes se acenderam, e o vulto do homem sumiu.

Sumiu porque na verdade era só uma pilha de caixas de papelão aleatórias com um lençol jogado por cima. Pip estava sozinha no porão, apesar de ter levado um tempinho para seu coração acreditar nisso.

A garota ouviu aplausos e gritos vindos do andar de cima.

— Isso aí, Pip! — elogiou a voz de Jamie. — Pode voltar!

Ela só precisava respirar fundo algumas vezes antes disso, esperar o medo se esvair do rosto. O que tinha dado nela? Era só um porão bagunçado e cheio de poeira. Mas, espere aí, por que conseguia enxergar tudo isso? Por que a luz do porão estava acesa? Estranho.

Pip se dirigiu à escada, todas as sombras agora preenchidas. Com a vela gasta em uma das mãos e a outra apoiada no corrimão, ela subiu os degraus, desviando das outras teias de aranha. E então se deparou com algo inesperado. Um envelope enfiado entre dois balaústres na altura do quarto degrau de cima para baixo, o que rangia. Nele, estava escrito: UMA PISTA SECRETA, SÓ PARA VOCÊ.

Como assim?

Pip pegou o envelope, verificando sua legitimidade.

Era legítimo. As palavras *Kill Joy Games*™ estavam bem tênues no canto.

Ela soltou o ar, que, ao sair da garganta, tornou-se uma risada trêmula.

Jamie Reynolds, seu desgraçado!

Nada daquilo tinha sido real. Nada daqueles últimos minutos.

Era tudo parte do jogo: o apagão, Jamie fingindo não saber como rearmar um disjuntor. Que provavelmente nem desarmou... Jamie devia ter descido e desligado os interruptores enquanto todos esperavam, ingênuos, na sala de jantar. A situação toda foi orquestrada para levar alguém ao porão por conta própria. E essa pessoa ganharia uma pista bônus.

Era dela.

Pip sorriu, rasgando o envelope, seu olhar percorrendo as palavras.

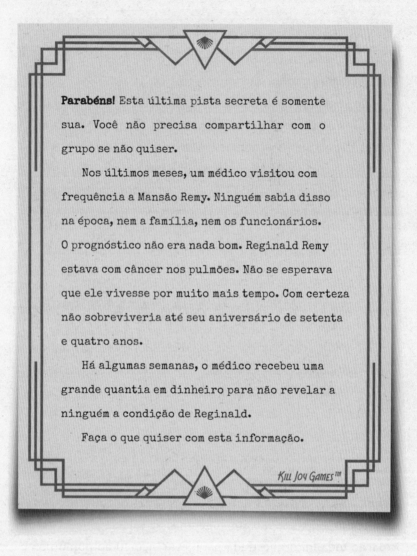

Parabéns! Esta última pista secreta é somente sua. Você não precisa compartilhar com o grupo se não quiser.

Nos últimos meses, um médico visitou com frequência a Mansão Remy. Ninguém sabia disso na época, nem a família, nem os funcionários. O prognóstico não era nada bom. Reginald Remy estava com câncer nos pulmões. Não se esperava que ele vivesse por muito mais tempo. Com certeza não sobreviveria até seu aniversário de setenta e quatro anos.

Há algumas semanas, o médico recebeu uma grande quantia em dinheiro para não revelar a ninguém a condição de Reginald.

Faça o que quiser com esta informação.

Kill Joy Games™

O mundo parou de girar, a poeira pairando imóvel em torno do rosto de Pip, o segredo se amassando em suas mãos. Reginald Remy estava prestes a morrer, e sabia disso. Mas não queria que ninguém mais soubesse. Aquela informação mudava tudo. O caso inteiro. Era o novo ângulo de que Pip tanto precisava. A história que estivera escondida o tempo todo, despertando aquela sensação estranha em sua barriga. Todas as peças se encaixaram de uma vez, os suspeitos se reorganizando diante de seus olhos até que...

Jamie a chamou outra vez.

— Estou indo! — respondeu Pip, alcançando o topo da escada e deslizando o papel por dentro do vestido para enfiá-lo na alça do sutiã.

Ela entrou na sala de jantar, onde os amigos a esperavam. Quando se sentou, soltando o castiçal, percebeu o olhar de Jamie e o sorrisinho secreto em seus lábios franzidos. Ela lhe retribuiu um aceno de cabeça discreto.

— Certo — disse Jamie, voltando ao papel do detetive Howard Whey. — Agora é o momento da verdade. Chegou a hora de todos vocês darem seus palpites. Quem matou Reginald Remy? Por favor, abram na última página de seus livretos.

MUITO BEM, CELIA BOURNE.

Você sobreviveu a esta noite de ação, astúcia e assassinato.

Chegou a hora de responder à pergunta principal. Quem matou Reginald Remy?

Por gentileza, escreva sua resposta nos espaços abaixo:

Quem matou foi: _____

O motivo foi: _____

_____

_____

_____

_____

onze

Pip sabia.

Ela sabia quem era o assassino.

Todas as peças haviam se encaixado em sua mente. Todos os detalhes quase esquecidos do início da investigação emergiram das profundezas para serem analisados sob uma nova perspectiva. As pistas, e não só o que elas diziam, mas como diziam. Não apenas as palavras, mas seu formato. A caligrafia. Pip estudou cada pessoa à mesa, desenvolvendo uma teoria enquanto seu olhar ia de suspeito em suspeito. O assassino se encontrava naquele cômodo, naquela mansão, naquela ilha isolada para onde o barco ia apenas uma vez por dia.

A verdade estivera escondida ali o tempo todo, oculta em meio a tantas pistas e segredos óbvios. Meu Deus, como Pip tinha sido ingênua ao cair naquela narrativa. Não poderia ser uma solução tão óbvia, tão simples. Tratava-se de um assassinato, afinal de contas. Mas ela entendia tudo agora, a trama serpenteante completa: cada reviravolta, cada curva da história. E precisaria de muito mais que cinco linhas para explicar tudo.

— Beleza — começou Jamie, apoiando-se nos cotovelos —, vamos dar uma volta na mesa para todos compartilharem suas teorias antes que eu revele a verdade. Lauren, quer começar?

— Pode ser — disse a garota, puxando seu colar de contas até que ficasse mais apertado em seu pescoço. — Então, eu acho que foi... Cara. Quer dizer, Dora, a cozinheira.

Ela fez uma pausa quando Cara soltou o gritinho espantado de costume, parecendo ofendida, então continuou:

— Acho que ela está envolvida com nossos concorrentes, os Garza, e se infiltrou na mansão sob falsos pretextos. Ela foi enviada para descobrir segredos comerciais e depois matar meu sogro.

Pip tinha que admitir que Lauren estava certa em alguns pontos, mas não no mais importante.

— Ant, seu palpite? — perguntou Jamie.

— Bem, o único assassino por aqui é... Sal Singh — comentou ele com um sorrisinho. — Deve ter sido o fantasma dele. Primeiro Andie Bell, agora o coitado do Reginald Remy.

— Ant! — exclamou Cara.

Ela deslizou para a frente na cadeira, tentando chutá-lo por baixo da mesa.

— Ai, tá bom, que saco — reclamou Ant, erguendo as mãos em derrota. — Hã, eu acho que foi... a Pip. Qual é o seu nome mesmo?

— Celia — respondeu Pip, irritada.

— É, a Celia. Acho que temos aqui uma boa garota cheia de segredos. E acho que Pip é a pessoa que mais ficaria irritada por ser a assassina. Então, é isso.

— Que bela linha de raciocínio — desdenhou Jamie, com uma pitada de irritação na voz. — Próximo.

Era a vez de Zach. Pip o observou com atenção enquanto ele pigarreava.

— Acho que o assassino é meu irmão, Bobby Remy — anunciou ele, mantendo o olhar baixo. — Bobby nunca largou os jogos de azar, e acho que minha mãe descobriu e o confrontou naquela caminhada fatídica um ano atrás. E acredito que meu irmão a matou, que a empurrou do penhasco.

Maravilha, Pip estava certa. Ralph Remy sempre suspeitara que o irmão havia matado a mãe deles.

— Ele já havia matado uma vez, e acho que matou de novo — continuou Zach. — Sabia que ia ser retirado do testamento, e queria o dinheiro. Ele sempre viu nosso pai como um banco. Por isso tentou destruir a nova versão do testamento e o esfaqueou bem no coração. Ah, e aquele bilhete sobre um encontro antes do jantar era do Bobby para minha esposa, Lizzie. Mas foi só a tentativa dele de criar um álibi, para poder dizer que estava com Lizzie na hora do assassinato, mesmo que ela negasse.

Errado, pensou Pip. Não era isso que o bilhete significava, e aquela era a questão central. A resposta certa ia além, estava nas entrelinhas.

— Connor — chamou Jamie, apontando para ele.

— Bem, acho que pode ter sido mesmo Celia Bourne — disse Connor, olhando de soslaio para Pip. — Acho que ela deve ser uma espiã russa ou algo assim, porque sempre reagia quando alguém falava sobre espiar, e tentou esconder evidências incriminatórias. Acho que ela mentiu sobre o motivo de ter arrombado o cofre de Reginald, e, depois que encontrou provas lá dentro sobre aquele tal de Harris Pick, a missão dela se tornou *acabar* com Reginald Remy.

Pip ficou impressionada com a astúcia do amigo, por mais que ele estivesse redondamente enganado. Ela manteve uma expressão neutra, indiferente. Seria a próxima a opinar. Pip se preparou, esticando o pescoço.

— Cara — chamou Jamie, seus olhos passando direto por Pip.

Ah, ele ia deixá-la por último. Talvez por estar com a pista bônus, Jamie tenha achado que era mais provável que Pip adivinhasse o assassino. E ele estaria certo.

— Ééé, então, apesar desse jogador ser a pessoa mais irritante do mundo — começou Cara, as rugas desenhadas em seu rosto dançando —, vou dizer que foi Bobby Remy. Acho que todas as pistas apontam para ele. Bobby está tendo um caso com a esposa do irmão. Voltou a apostar, e agora parece que se envolveu com uma gangue. Como Ralph falou, ele deve ter matado a mãe também. Está atrás da herança, por isso destruiu o testamento novo e matou o pai.

Cara tinha caído naquela narrativa, exatamente como o jogo havia planejado.

Enfim chegou a vez de Pip.

Ela se levantou antes mesmo de Jamie chamar seu nome.

— Está bem, antes de chegarmos ao responsável pelo assassinato — começou ela —, primeiro precisamos descartar os suspeitos que não estão envolvidos no crime. Sim, Dora

Key é uma infiltrada da família Garza — disse Pip, gesticulando para Cara. — Eles ameaçaram a antiga cozinheira para que se demitisse, e Dora veio trabalhar aqui para ficar de olho nos negócios da família Remy e repassar informações. Mas ela não matou meu tio Reginald. Por que faria isso? Ela e a família Garza não teriam nada a ganhar com a morte dele.

Lauren pareceu murchar, então Pip se voltou para ela em seguida.

— Lizzie, você com certeza não saiu dessa por cima. Está roubando da família Remy, desviando dinheiro do cassino de Londres. Talvez para obter alguma segurança financeira caso seu marido descubra que você está tendo um caso com o irmão dele e peça o divórcio. Reginald descobriu que você era a ladra, e talvez você estivesse preocupada com a possibilidade de ele chamar a polícia. Mas não foi você quem o assassinou, embora deva estar aliviada por ele ter morrido.

Pip olhou para Connor.

— Humphrey Todd, você odiava Reginald Remy. Até desejou a morte dele. Explicou que foi porque pediu uma folga do trabalho para visitar sua filha e ele negou. Isso é verdade — Pip fez uma pausa —, mas apenas parte dela. Você queria uma folga duas semanas atrás porque sua filha, a única família que lhe restava no mundo, tinha contraído uma doença fatal: varíola. Mas Reginald recusou seu pedido, e sua filha morreu pouco depois. Você não pôde se despedir. Por isso você o odiava, e vingança com certeza seria um motivo plausível para o crime. Mas você também não matou Reginald Remy.

Pelo rubor nas bochechas de Connor, Pip soube que estava certa.

— Da minha parte — retomou ela, com a mão no peito —, sim, Humphrey, você tinha alguma razão. Eu sou uma espiã do Serviço Secreto de Sua Majestade, e fui instruída a investigar se meu tio estava financiando atividades subversivas. Harris Pick é um conhecido agitador comunista. Mas não matei meu tio, e minha missão foi baseada em suspeitas equivocadas. Reginald não estava financiando comunistas, ele só estava liquidando uma dívida pendente ao enviar dinheiro para um velho amigo que salvara sua vida durante a guerra. Porque, e eis a melhor parte, gente... Reginald Remy sabia que iria morrer.

— O quê? — perguntaram Lauren e Ant em uníssono, enquanto os demais a encaravam.

— Aqui. — Pip tirou a pista secreta de dentro do vestido, jogando-a no meio da mesa. — Uma pista secreta que estava escondida no porão, para quem descesse para rearmar o disjuntor. Reginald tinha câncer de pulmão, e o médico alertou que não lhe restava muito tempo de vida. E, poucas semanas atrás, o médico recebeu um monte de dinheiro para ficar de bico fechado.

— Caramba! — exclamou Zach, dando uma olhada na pista.

— Caramba mesmo — continuou Pip. — E por mais que você esteja certa, Dora, ao dizer que tudo parece apontar para Bobby Remy, tem um bom motivo para isso. Mas, apesar de a maioria de nós não ter álibis para a hora do assassinato, duas pessoas tinham. — Pip indicou Lauren e Ant com a cabeça.

— Lizzie e Bobby Remy estavam juntos quando Reginald foi

morto. Tendo *relações*, sem dúvida. Lizzie nunca admitiria isso, muito menos na frente do marido, Ralph, porque tem medo de se divorciar e perder a vida confortável e abastada com a qual se acostumou. Então Bobby teve que seguir a deixa dela e dizer que estava dando uma caminhada sozinho, porque sabia que Lizzie nunca confirmaria o verdadeiro álibi. E o assassino também sabia direitinho onde Bobby Remy estaria na hora do assassinato, e que, portanto, ele nunca conseguiria provar seu álibi. Então, se nem Lizzie nem Bobby assassinaram Reginald, só resta uma pessoa dentre os convidados deste jantar.

Ela se voltou para Zach.

— Ralph Remy, você é o assassino.

— O quê?! — exclamou Connor, mas sua voz soava meio distante, como se estivesse em um mundo diferente do dela.

— Embora eu não tenha certeza se deveríamos chamar você de *assassino*, já que seu pai estava envolvido no crime e queria que você o cometesse.

Foi a vez de Cara dizer:

— O quê?!

— Pois é. Esse plano todo foi arquitetado por Ralph Remy, Reginald Remy e por uma terceira pessoa. — Pip fez uma pausa, seu coração pulsando até a ponta de seu dedo levantado. — Howard Whey.

Jamie ficou paralisado. Ele baixou as sobrancelhas, observando-a com atenção.

— Como é que é?! — questionou Lauren.

— Ralph sempre suspeitou que o irmão, Bobby, matou a mãe deles no ano passado. Que Bobby empurrou a mãe do penhasco porque ela havia descoberto que ele continuava apostando. Reginald Remy também sabia, lá no fundo, que o filho mais velho era um assassino e tinha tirado o amor da sua vida. Mas não era a primeira vez que Bobby matava alguém, não mesmo. Sabe, depois que Reginald pagou as dívidas do filho com os agiotas que estavam ameaçando a vida dele, Bobby se juntou a eles. Virou um membro da gangue Arruadores de East End e inclusive já foi visto traficando cocaína com eles no Cassino Garza. Afinal, Bobby precisava financiar seu vício em jogos de azar. E os Arruadores eram uma gangue violenta com a qual o detetive Howard Whey e a Scotland Yard já tinham esbarrado várias vezes. Seu parceiro, detetive, se infiltrou para tentar expor a rede de tráfico de drogas da gangue e foi morto a tiros. E você sempre soube muito bem quem atirou nele. Bobby Remy. Ele tinha pelo menos duas mortes na conta, e ainda assim nunca pagaria por elas. Nenhum desses assassinatos poderia ser provado, e Bobby continuava vivendo a vida dele, livre para matar de novo se fosse preciso.

Pip prosseguiu:

— A menos que alguém o impedisse. Vamos voltar para alguns meses atrás, quando Reginald Remy descobriu que morreria em breve. Ele sabia que nunca veria a justiça ser feita pela morte da esposa, e que o filho mais velho era um homem muito perigoso. Então ele elaborou um plano com seu outro filho, Ralph. Bobby nunca pagaria pelos dois assassinatos que cometeu, mas eles poderiam garantir que ele fosse preso por um terceiro assassinato: o de Reginald Remy. Reginald ia morrer em breve de qualquer forma, então eles podiam pelo menos se valer daquela morte para colocar Bobby atrás das grades. Reginald pagou o médico para que ninguém descobrisse isso. Ralph não só faria justiça pelo assassinato da mãe como também acabaria com o caso entre a esposa e o irmão, do qual já sabia. Ralph e Reginald devem ter investigado o passado de Bobby e descoberto a ligação dele com a morte do policial da Scotland Yard, então abordaram o detetive Howard Whey. Foi assim que ele entrou no plano. Você também queria ver a justiça ser feita pelo assassinato de seu parceiro e prender esse homem perigoso.

— Mas ele não faz parte do jogo — argumentou Lauren.

— Seria de se pensar — disse Pip, a voz avançando com seus pensamentos acelerados. — Mas uma informação importante esteve disponível o tempo todo. Aliás, foi uma das primeiras coisas que nos disseram. Nos nossos convites, dizia que só sai um barco por dia para a ilha Joy, ao meio-dia em ponto. Hoje, Reginald foi assassinado entre 17h15 e 18h30, e pouco tempo depois, na mesma noite, vejam bem, o detetive apareceu para nos ajudar a resolver o caso. Como ele chegou aqui? Pensem só.

Pip se inclinou sobre a mesa.

— Ele já estava aqui — continuou a garota. — Esteve aqui o dia inteiro, desde que o barco chegou ao meio-dia. O detetive Howard Whey veio para a ilha Joy *antes* de o assassinato sequer ter acontecido. Porque ele sabia que haveria uma morte, porque estava envolvido no plano para prender Bobby Remy pelo assassinato de Reginald. Por isso a maioria das pistas apontavam para Bobby: o detetive conduziu a investigação.

Ela pegou o testamento rasgado e remendado com fita adesiva e o colocou na pilha de evidências no centro da mesa.

— Bobby Remy não roubou e destruiu a nova versão do testamento. Foram Ralph e Reginald. A gente sabe que eles dois estiveram na biblioteca, sozinhos, hoje à tarde. Foi quando rasgaram o documento e o botaram na lareira, mas não queimaram porque queriam que fosse encontrado. Estavam tentando estabelecer um motivo para Bobby ter matado o pai: a herança. Na discussão que eu ouvi ontem à noite, entre Ralph e o pai, eles não estavam falando sobre negócios. Estavam falando sobre o plano de matar Reginald e incriminar Bobby. Lembrem que eu ouvi Ralph dizendo... — Pip conferiu seu livreto —... "eu me recuso a fazer isso, pai" e "esse seu plano é ridículo e nunca vai funcionar" e "não tem como se livrar disso". É óbvio que Ralph estava com um pé atrás de ter que enfiar uma faca no peito do próprio pai. Mas Reginald o convenceu.

Pip pegou a última pista que haviam encontrado na caixa de pizza.

— Olhem esse bilhete de RR. Alguns de vocês acharam que tinha sido escrito por Bobby, convidando Lizzie para se encontrarem escondidos de Ralph. Podem até ter pensado que Bobby o escreveu de propósito para conseguir um álibi e alegar que estava com Lizzie na hora do assassinato. Mas não foi ele quem escreveu esse bilhete. Ele não é o RR nesse caso. *Este* bilhete — a garota o brandiu — foi escrito por Reginald Remy para seu filho, Ralph.

Ela leu o bilhete:

— *Hoje à noite... Você me prometeu... ele não merece nossa compaixão.* Reginald estava se certificando de que Ralph não ia dar para trás. E, se ainda não acreditam em mim, olhem a caligrafia. As letras. Nós temos cem por cento de certeza de que Bobby escreveu o bilhete para a cozinheira sobre o bolo de cenoura, que também estava assinado RR. Olha só: aquele bilhete tem uma letra diferente deste. Porque foram escritos por pessoas diferentes. E a caligrafia deste bilhete — ela o balançou de novo — é igual à dos nossos convites, assinados por Reginald. E a do talão de cheques também. A verdade é que Reginald planejou esse fim de semana para orquestrar o próprio assassinato e armar para Bobby, com a ajuda de Ralph, que, obedecendo ordens, infligiu a facada fatal, e do detetive. Ambos queriam acertar as contas com Bobby. Robert "Bobby" Remy é um assassino, mas não é *o* assassino. Este assassinato foi executado por três conspiradores: Ralph Remy, o próprio Reginald Remy e o detetive Howard Whey.

Pip largou o bilhete, observando-o flutuar até a mesa enquanto recuperava o fôlego. O papel parou bem na frente de Zach, como uma seta. O garoto engoliu em seco.

Connor foi o primeiro a se pronunciar.

— Uau — disse ele, encarando Pip de queixo caído e batendo palmas. — Só... uau.

— Caramba, seu cérebro é assustadoramente bom — comentou Cara, rindo e parecendo espantada de verdade com as revelações dessa vez.

Jamie enfim se mexeu, olhando para o livreto do apresentador, aberto na última página.

— Você... — começou ele, uma rouquidão incerta em sua voz. — Você... está errada.

Trompetes soaram alto.

Pip o encarou.

— Como assim? O que você quer dizer com *está errada*?

— E-essa não é a resposta — avisou Jamie, os olhos se voltando para a página mais uma vez. — Não foi isso o que aconteceu. Foi Bobby. Bobby é o assassino.

— Isso aí, bebê! — gritou Ant do nada, fazendo Pip se encolher. Ele se levantou, erguendo os braços acima da cabeça em sinal de vitória. — Eu sou o assassino, porra!

— Não... — retrucou Pip, forçando a palavra a sair pela garganta apertada. — Não pode ser.

— É o que está escrito aqui — confirmou Jamie, o cenho franzido. — Diz que Bobby matou Reginald. É, você tem razão sobre Bobby ter matado a mãe no ano passado porque ela havia descoberto que ele continuava apostando. E Bobby tinha medo de que o pai parasse de lhe dar dinheiro caso descobrisse. Neste fim de semana, ele ficou sabendo da nova versão do testamento, da qual havia sido retirado, então matou o pai e destruiu o documento, assim ainda receberia boa parte da herança. E o bilhete da caixa de pizza assinado RR, como você mesma explicou, foi escrito por Bobby para fazer parecer que ele tinha um álibi, que estava com Lizzie na hora do assassinato. Foi premeditado.

— Não! — repetiu Pip, ainda mais irritada. — Não, essa não pode ser a resposta. É óbvia demais. Fácil demais. Nem faz sentido!

— Isso deve estar acabando com você... — Ant riu. — Cometer um erro tão épico... Caramba, a gente devia ter filmado sua reação.

— Eu não estou errada — insistiu Pip, pisando mais forte e sentindo uma onda de raiva subir pelo pescoço até o rosto. — Explica a caligrafia, então. Como os dois bilhetes podem ter sido escritos pelo Bobby se as letras são diferentes?

— Hã — balbuciou Jamie, folheando as páginas do livreto de apresentador para a frente e para trás. — Hã, não sei. Não fala nada sobre isso aqui.

— E a pista secreta, que revelou que Reginald sabia que ia morrer de câncer? Como isso se aplica a Bobby ser o assassino?

— Hã... — Jamie correu o dedo pela página. — Aqui está escrito que Bobby ficou sabendo do diagnóstico do pai e, portanto, suspeitou que Reginald provavelmente escreveria uma nova versão do testamento. Então teve que agir rápido para garantir sua parte da herança.

— Então quem subornou o médico? E onde você se encaixa nessa história? — questionou Pip, apertando os punhos ao lado do corpo, as unhas cravando linhas raivosas na palma das mãos. — Como o jogo explica a presença de um detetive aqui na ilha se ele não estava por dentro do assassinato? Só vem um barco por dia, ao meio-dia. Seria impossível você estar aqui a menos que soubesse do assassinato de antemão.

O rosto de Jamie se franziu, voltando-se para o livreto.

— Bem... eu... é... não sei o que dizer, Pip. Desculpa. Não tem nada sobre isso aqui. Só diz que Bobby é o assassino.

— Que merda — xingou ela.

— Tudo bem — interveio Cara, puxando as pontas do boá de plumas para fazer Pip se sentar. — Não importa, é só um jogo.

— Mas está errado — reclamou Pip, porém a raiva já quase a havia abandonado, desaparecendo como as marcas de meia-lua em suas mãos. — Bobby ser o assassino é fácil demais. É fácil demais! E tem várias inconsistências nessa explicação — acrescentou ela, mais para si mesma que para os outros.

Por que ela se deixara envolver tanto assim? Nada daquilo era verdade.

— Bem, não tem problema, é só para as pessoas se divertirem — consolou Cara, apertando a mão da amiga. — Além disso, eu adivinhei, então sou a maioral.

— É, e o jogo foi bem legal — comentou Connor, com a voz extra-alegre, para compensar. — Foi muito mais interativo do que eu esperava. Obrigado por organizar tudo e ser o apresentador, Jam.

— É, valeu, Jamie — disse Cara, e Pip também agradeceu logo em seguida.

— De boa, gente — respondeu Jamie, tirando o capacete de policial para fazer uma reverência. — Detetive Whey, câmbio e desligo.

E tinha sido legal mesmo, antes de chegarem ao final. O mundo para além da casa dos Reynolds havia desaparecido, restando só Pip, sua mente e um problema para resolver. Do jeitinho que ela gostava. Era nesses momentos que ela se sentia mais à vontade.

Mas ela tinha errado.

Pip odiava errar.

Ela passou o polegar pelo seu livreto fechado, por cima do logotipo na parte inferior. Com um movimento rápido e preciso, a garota fez um pequeno rasgo na página, seu pequeno ato de vingança, dividindo as palavras *Kill Joy*.

doze

— E aí, como foi a noite? — perguntou Elliot Ward do banco do motorista.

O sr. Ward desempenhava vários papéis na vida de Pip. Ele era o pai de sua melhor amiga e também seu professor de história. Na verdade, era seu professor favorito, mas Pip nunca havia contado isso para ele. A garota aparecia na casa da família Ward com tanta frequência que ele provavelmente devia considerá-la uma filha extra. Tinha até uma caneca com o nome de Pip na casa deles.

— Bem legal — respondeu Cara, sentada no banco da frente. — A Pip ficou meio chateada porque errou o palpite.

— Ah, Pip. O jogo é que devia estar errado, não é? — brincou o sr. Ward, virando-se para lançar um sorrisinho para ela e Zach.

— Sério, nem começa — interveio Cara, lambendo o dedo para começar a esfregar as rugas de maquiagem.

— Eu prefiro a sua teoria — comentou Zach, na escuridão do banco de trás.

Pip lhe ofereceu um sorriso de boca fechada. Sabia que não era culpa do amigo não ser o assassino, e que os roteiristas da

Kill Joy Games não passavam de um bando de incompetentes. *Bobby Remy como o assassino*, desdenhou ela. Era óbvio demais. Ok, talvez Pip ainda não tivesse superado.

— Então, as avaliações acabaram — comentou Elliot, fazendo uma curva para entrar na High Street. — Animados para o tempo livre?

— Com certeza — respondeu Zach. — Tem uma pilha de jogos de PlayStation me esperando.

— Uau, que surpresa! — provocou Cara. — Mas a Pip não está animada para descansar. Já está pensando no QPE, não é mesmo?

— Melhor não deixar para amanhã o que se pode fazer hoje — brincou ela.

— Já escolheu seu tema, Pip? — perguntou Elliot.

— Ainda não — respondeu a garota para a nuca dele. — Mas vou decidir em breve.

O carro se aproximava da rotatória, com a seta esquerda piscando para entrar na rua onde Pip e Zach moravam.

De repente, o veículo deu um tranco.

Pip e Zach foram lançados para a frente, mas o cinto de segurança os conteve.

— Pai? — chamou Cara, com a voz aguda de preocupação.

O sr. Ward olhava para algo atrás da filha, do lado de fora da janela.

— Ah, sim — disse ele, balançando a cabeça. — Desculpa, pessoal, achei que eu tivesse visto… uma pessoa. Me distraí. Mil perdões.

Ele virou a chave na ignição, ligando o carro outra vez.

— Acho que preciso participar das suas aulas de direção, Cara — brincou ele, rindo enquanto dava partida.

Pip se virou para a janela, tentando enxergar a rua escura. O sr. Ward tinha *mesmo* visto uma pessoa. Alguém estava passando pelo carro naquele instante. Era apenas uma sombra até ser iluminado pela luz alaranjada de um poste.

E, por um segundo, Pip também viu o que o sr. Ward devia ter visto. O rosto dele. O rosto que ela reconhecia da cobertura jornalística sobre o caso e das próprias lembranças, que se esvaíam. Sal Singh. Mas não podia ser ele. O garoto havia morrido cinco anos antes.

Era seu irmão mais novo, Ravi Singh. Os dois se pareciam muito, mas só de um ângulo específico. Pip não conhecia Ravi, mas, como qualquer pessoa em Little Kilton, sabia quem ele era.

Devia ser muito difícil para ele morar naquela cidadezinha que continuava obcecada com seu caso de assassinato de cidade pequena. Mesmo com o passar dos anos, Little Kilton não conseguia se desvencilhar do crime. A cidade e aquelas mortes andavam de mãos dadas, conectadas para sempre. O caso Andie Bell. Assassinada pelo namorado, Sal Singh. Nunca houve um julgamento, mas aquela era a história em que todos acreditavam. Estava solucionado, encerrado. Tinha sido o namorado, era sempre o namorado, diziam as pessoas. Uma resposta tão simples e tão... óbvia. Pip estreitou os olhos. Óbvia demais, até.

Ela se virou o máximo que o pescoço permitia, observando Ravi se afastar. Ele apressou o passo, e o carro seguiu em frente. Os dois se separaram.

Então Ravi desapareceu na noite.

Mas uma ideia ficou para trás, com Pip.

— Na verdade — anunciou a garota —, acho que já sei o tema do meu projeto.

1ª edição	AGOSTO DE 2023
reimpressão	NOVEMBRO DE 2023
impressão	CROMOSETE
papel de miolo	PÓLEN NATURAL 70 G/M^2
papel de capa	CARTÃO SUPREMO ALTA ALVURA 250 G/M^2
tipografia	UTOPIA